砂漠の鷲

アーロの冒険

Aavikkohaukka

Sini Ezer

シニ・エゼル

ツルネン マルテイ訳

新評論

もくじ

もくじ

砂漠の鷲——アーロの冒険

秋——渡り鳥

暖かい風を顔に感じたとき、過ぎ去ろうとしている夏を思い起こした。空から聞こえてくる翼の音のほうにアーロは視線を向けた。大きな鷲が、楓《かえで》の木のてっぺんの枝に降り立った。一瞬、アーロは目をこすった。その鳥が飛んだ跡に、白い光の線が伸びているように見えたからだ。

野生の鳥がなぜこんなに人間の近くまで寄ってくるのだろうか、とアーロは不思議に思った。木の枝に降りる前に自分に気付いているはずだ。

「あっ！　君も南へ行くの？」アーロは思わずつぶやいた。

鷲は輝くように白く、その胸は矢の形をした模様で飾られていた。そして翼は、羽先のほうに向かって柔らかな濃い色をしていた。その美しい翼を自慢するかのように、鷲がもう一度羽ばたいた。楓の枝が大きく揺らいで、最後まで残っていた葉っぱが地面に舞うように落ちていった。それでもまだ飛ぼうとせず、鷲は裸になった枝に止まったまま視線を海に向けていた。

アーロは目を閉じて、慣れ親しんだ深い海の香りを嗅《か》ぐと大きく息を吸った。彼が座っていたのは、羊たちが絶壁から海に落ちないように造られた古い石塀の上である。崖下にある船着場からは、ウミネコたちのうるさい鳴き声が聞こえてきた。漁師たちが、捕れた海の幸をちょうど桟橋《さんばし》に下ろしはじめたところだった。

時計に目をやった。午後四時、アーロの父が海から戻ってくる時刻だ。

この小さな北の漁港の多くの男たちと同様、アーロの父も漁師だった。毎朝早く、アーロがまだ寝ている時間に父は船で海に出ていた。学校から帰ると、アーロはまず父の帰宅を確かめることにしていた。二階の寝室で父が昼寝をしていなければ、彼はすぐにこの絶壁を目指して走った。ここが、アーロのお気に入りの場所である。

ここからは下にある港がよく見え、漁師たちの船が沖を行き来する様子をいつでも

見守ることができた。絶壁のすぐ横には大きな楓《かえで》の木があり、その影が夏の日差しや秋の雨からアーロを守っていた。

今、その楓の黄色く染まった葉っぱが、夕暮れの光のなかでオレンジ色に輝いている。ほとんどの葉っぱがすでに地面に落ちており、アーロの足元で風がそれらをかき回していた。

冷たい風が海から吹き上げてきた。アーロはアノラックのファスナーを首元まで上げ、帽子を深く被った。楓のてっぺんの枝に目をやった。鷲はまだそこにじっと止まったまま、海のほうを見つめていた。

「寒くないの？」アーロが鷲に尋ねた。

夏は、太陽の日差しが絶壁の上にいるアーロを暖めてくれた。彼は、夏の長い日と輝く光、そして海水の飛沫《ひまつ》が肌にあたる感覚を懐かしそうに思い出していた。

渡り鳥たちが何日もかけて、何千キロも離れた南の砂漠まで海を渡っていくことを、アーロは鳥の本を読んで知っていた。

海を見ながら、その向こうにはどんな暮らしがあるのだろう、南の大陸では太陽が絶え間なく輝いているのだろうかなどと、アーロは想像をめぐらせていた。できれば、自分も渡り鳥のようにそこへ飛んでいってみたいとさえ思った。

港に近づく船を、アーロは遠くから識別《しきべつ》することができた。その船の名は「ソフィア号」、母の名前と同じである。毎年、春になると、船を海に浮かべる前にリフォームしている。今年の春、アーロは父と二人で船体を新しく塗り直した。ボディーを海の青色に塗り、上のほうは白くし、その境にはあざやかな赤色の線を引いた。

「さようなら、南までよい旅を！」アーロは鷲に別れの挨拶《あいさつ》をし、父を迎えるために港へと駆け下りていった。

父の薄青色の瞳が、日焼けした顔のなかで輝いていた。船床《ふなどこ》からロープを持ち上げた父は、それをアーロにわたした。アーロはそれを桟橋《さんばし》の舫《もや》い杭《くい》に結び、この日の漁獲量を見るために船に飛び乗った。

「結構捕れたじゃない」アーロが大きな木の樽《たる》をのぞいて声を上げた。樽の中にはさまざまな大きさの魚が入っており、尾ひれを勢いよく叩きつけていた。

「まああだが、今日は網を上げるのに苦労した」と、父が頭を傾けた。「だから、こんなに遅くなったんだ」

ウールの帽子を取ると、父は指で髪の毛をうしろのほうへ搔《か》き上げた。

素早く船尾へ移ったアーロが木箱を取り出した。魚を港の工場へ運ぶためだ。父が魚を箱に移すとき、少し離れた所にアーロは立った。履いていたジーンズを、魚が入っていた水で濡らしたくなかったのだ。

魚の臭いはすぐ服につく。アーロ自身はそのことを気にしていなかったが、母に叱られることだけは避けたかった。船にはアーロ用のレインコートと長靴も積んであるのだが、今日はそれらに着替える気にならなかった。

魚を工場に運んだあと岸の道を上り、石塀に沿って絶壁のそばまで来たころ、夕暮れの空に二つの星が現れた。楓《かえで》の木を通りすぎようとしたとき、先ほどの鷲がまだそこにいるのに気付いた。頭を優雅にもたげながら、鷲は相変わらず海を眺めていた。

「お父さん見て！　あそこの木の枝に鷲がいるよ」

「ほんとだ、確かにいるね」父は頷きながら、もっとはっきり見ようと静かに近寄っていった。

「あれはハヤブサだが、詳しい種類は分からないな。あんなに真っ白な鷲は見たことがない。きっと、珍しい種類にちがいない」鳥を驚かさないように、父は小さな声でアーロに話しかけた。「本当に美しい鳥だ！」父は感動さえしているようだった。

「さっきから、長くそこに止まっているの。どうして飛び立たないのかな？」アーロが言った。

「おそらく、海を渡る前に充分休んで、力を蓄えているのだろう。これから長い旅が待っているからな」父がアーロの肩に手を置いた。「さあ、家に帰ろう。母さんが心配して待っているぞ」

楓《かえで》の木がある所からアーロの家までは数分の距離しかない。

「ウミネコたちはなぜ南へ渡らないの？」アーロが再び尋ねた。

「父さんには分からないな。ここにいることに不満がないのかもしれない」

少し考えてから、父が続けて言った。

「渡り鳥は特別だ。彼らにはひと所に留まらないという習性《しゅうせい》がある。同じ所に留まることに我慢がならないのだろう。だから行くんだよ」

二人は石の多い小道を家へと向かった。薄い黄色のペンキが塗られた、粗末な木の家だった。入り口の横に花壇があったが、夜の寒さのために花はすでに萎《しぼ》んでいた。玄関の前で立ち止まった。そこから集落の屋根越しに眺める海の景色は素晴らしい。

雲ひとつない夕闇の空に星が煌《きら》めいている。今夜は氷点下の寒さとなりそうだ。

「父さん、渡り鳥は南の方角を知っているの？」アーロがまた尋ねた。

「今日は質問が多いね」父は笑いながらアーロの髪を掻《か》き回した。その髪の色は、秋の楓の葉っぱと同じく黄色であった。父の手には、魚の臭いが充分すぎるほど残っていた。

「星を見てごらん」父が南の夜空を指して言った。「あそこに四角形のオリオン星座があって、その下のほうに大きな星が見えるだろ。その大きな星がシリウスだ。全天でもっとも明るい星なんだ。あれらの星が、南の方角を教えてくれるんだ」

そして、父はアーロの肩をつかんで北の方角へと回した。

「あそこにはこぐま座がある。お尻のところが北極星だ。北の空でもっとも明るい星だ。昔から、暗い海の上で、星と月が漁師たちに方角を示してくれたんだ。鳥たちも同じで、星を頼りにして、行きたい方向へ飛ぶことができるんだ。夜は星と月、日の出からは太陽を頼りにして飛ぶんだ」

アーロは星の名前を覚えようとしたが、家の中から漂ってくる美味《おい》しそうな匂いに負けてしまい、結局覚えることができなかった。

「いやー、腹がへった！」と父が叫び、二人は先を争うように家の中に入っていった。

＊＊＊

ベッドに横たわり、アーロは天井の小さな窓から星空を眺めていた。目を閉じると、枝に止まっていた鷲がまぶたの裏に現れた。かつて見た鳥の本を思い出し、ワクワクしながらベッドから飛び下りた。小さいころから鳥を見るのが好きだったアーロに、母は市場で鳥の絵が載っている古本を買っていた。

埃《ほこり》をかぶったその本が、部屋の隅の小さな本棚で見つかった。黄色く褪《あ》せてしまっているページがはずれないよう、アーロはていねいにページをめくった。半分までめくると、上手に描かれた鳥の絵を見つけた。枝に止まっていた鳥によく似ていたが、羽の色が茶色だった。真っ黒な目が真っすぐにアーロを見つめ、目の下にあるなめらかな嘴《くちばし》の鋭い先端が下に向かって曲がっていた。

鳥の名前は、ラテン語で「Falco cherrug」と書かれていた。それは「砂漠の鷲」という意味だった！

アーロは、せかされるように本の説明を読んだ。

砂漠の鷲は通常茶色だが、ときどき白いものも見かける。勇敢《ゆうかん》で賢いハンターであるため、南では狩りをする鷲として捕獲《ほかく》されることが多い。とくに、白い鷲は人気がある。

さらにページをめくると、南の国に広がる砂漠を背景とした絵もあった。広い青空、どこまでも続く白い砂、そして大空を舞う砂漠の鷲。その絵は見開きページの全体を覆《おお》っていたが、やがて本から抜け出たかと思うと、アーロの目の前で部屋いっぱいに広がる景色となった。暖かい砂漠の風がアーロの顔を吹き抜け、砂漠の鷲の翼がヒューヒューと鳴る音まで聞こえてきた。

突然、ドアが開いて父が現れた。

「なぜ、まだ起きているのかな？」

「父さん、あれは砂漠の鷲だったよ！　僕たちは砂漠の鷲に会ったんだよ！」興奮して叫んだアーロは本の絵を父に見せた。

父はベッドの脇に座ると、その絵を興味深く眺めた。

「聞いて！」はっきりとした声でアーロが本を読みはじめた。

「砂漠の鷲は、南の大陸で冬を過ごす。そこでは広い場所を好む。たとえば、平原や畑、砂漠など。乾期がはじまると餌《えさ》を求めて北のほうへ移動するが、大抵は諸島に残り、北の大陸まではめったに行かない」

「今日は、幸運の日だったようだね」と、父が言った。

アーロは次のページに描かれてある砂漠の絵も見せた。その絵はアーロの心を揺さぶり、少し不安な気持ちにもさせたが、それでも見せずにはいられなかった。

「父さん、もしかすると僕には渡り鳥の魂《たましい》があるのかもしれない！」

怪訝《けげん》な顔付きで父がアーロを見た。

「僕は何か、とても新しいものを見たいという気がするんだ。海の向こうに行ってみたい。大人になったら漁師にはならないかもしれない。船乗りになりたいよ！」

「お前の年頃には、父さんも同じように考えたことがあった」父はベッドの脇から立ち上がって言った。「しかし、幸いなことに何になりたいかを考える時間はまだたくさんある。今日はもう遅い、寝る時間だ。電気を消していいか？」

「うん、消していいよ。おやすみなさい」

ドアまで行くと、父が振り返ってアーロに言った。

「父さんには、たぶんウミネコの魂があるのかもしれない。ここにいることに満足しているからね。どこにも行きたいとは思っていない。おやすみ」

「父さん、明日天気がよければ『小ソフィア号』で海に出てもいい？」

「もちろんだ。ただし、南の大陸まで行かなければね」笑って父は電気を消した。


寝る前に砂漠のことばかりを考えていたからだろう、夢にも砂漠が現れた。

アーロが高い絶壁の上に立つと、真っ白い砂漠の鷲が近づいてくるのが見えた。鷲は真っすぐに彼をめがけて飛んできたかと思うと、アーロの胸の中に飛び込んで消えてしまった。まさに鷲が自分の体の中に入ってしまったかのような気持ちになり、両手を大きく横に広げると、ふわりと浮いて足元から絶壁が消えていった。いつのまにか、アーロは眩《まぶ》しい太陽の光のなかで砂漠の平原を飛んでいた。

＊＊＊

日曜日は休日なので、朝早く父を起こすことができない。普段はアーロも遅くまでベッドの中にいるが、今朝は目を覚ますとすぐに起き上がって急いで一階に下りた。台所で、母が朝食の支度をしていた。

「おはよう。今朝はずいぶん早いのね」母が驚いて言った。

「小ソフィア号で海に出掛けてもいいって、父さんが言ったんだ」

「ただし、天気がよければね」と言って、母は外に出ていった。空の様子を見ている母を、アーロはドキドキしながら待った。

「空は晴れているけれど、風が冷たいわね。行ってもいいけど、暖かい服を着ていきなさい。それから、絶対に岸から遠くに離れないで！」

「ありがとう、母さん！」アーロは叫ぶとさらに、「朝ごはんを持っていってボートで食べてもいい？」と尋ねた。

「そんなに急ぐの？」と、母がいぶかりながら弁当の準備をはじめた。

アーロは二階の部屋に駆け戻り、クローゼットにある暖かい服を探した。母が編んでくれた薄い青色のセーターを取り出し、頭にはウールの厚い帽子を被って、首に縞《しま》模様《もよう》のフランネルの古いマフラーを巻いた。再び台所に走っていくと、母のつくった弁当をリュックに詰め込んで船付き場へと急いだ。

「岸から離れないことを忘れないで!!」うしろから母が追い掛けるように叫んだ。

船付き場は小さな入り江の内側にあって、大きな石で造られた防波堤《ぼうはてい》が高波や嵐からそこを守っていた。日曜日の朝、港には動く船もなく、静かな靄《もや》に包まれていた。アーロが小ソフィア号のほうへ向かって歩くと、木の桟橋《さんばし》がギシギシと鳴った。

小ソフィア号は、ソフィア号の隣にロープで結ばれていた。父がそれをアーロに与えた六年前の春のことを、アーロは今もはっきりと覚えている。小学一年生のときだった。

「このボートで、竿釣りのやり方を教えよう。ボートの漕ぎ方を覚えたら、これはお前のボートだ」

そんな父との約束を、アーロはワクワクしながら思い出していた。

「ボートに名前を付けなくちゃならない。お前が考えなさい」父が問い掛けた。

しばらく考えてアーロが答えた。

「『小ソフィア号』にしたい。父さんの大きな船が『ソフィア号』だから、これは『小ソフィア号』だ!」

「賛成だ。では、その名前を自分でボートに書いたらどうかね」と父は言うと、アーロに刷毛《はけ》と濃い色のペンキの缶をわたした。

そのとき、時間をかけて一字一字をゆっくりと、ていねいに書いたことをアーロは覚えている。

書き上がると、父が「立派だ！」と大きな腕でアーロを強く抱きしめた。あとでSの字が逆さまになっていることに気付いたが、「全体がとてもよくできている」と父が言ったので、そのままにすることにした。

その後、ペンキを塗り直しているが、Sの形は変わることがなかった。

アーロはリュックサックをボートの船尾《せんび》に投げ込むと、すぐさま中に飛び乗った。海の水は、船の際《きわ》で泳ぐ小魚の群れがはっきりと見えるほど澄んでいた。ロープを外し、櫂《かい》で押してボートを桟橋《さんばし》から離した。

波は穏やかで、ボートは小さな波紋を残しながら順調に進んでいった。アーロは力いっぱいに漕《こ》いだ。すぐに防波堤《ぼうはてい》の外側に出たが、母との約束どおり岸に沿って漕いでいった。靄《もや》はすでに消えており、太陽の光が彼の背中を暖めた。帽子とマフラーをはずしてリュックの中に入れた。それからほどなく、暑すぎると感じてセーターも脱いだ。

小ソファ号は、険しい岸壁の淵に沿いながら先へ先へと進んだ。ふと見上げた岸壁《がんぺき》の上に、鳥のような姿をしたものが目に留まった。青空を背景に、外形だけがくっきりと映っている。よく見ようとアーロはボートを止めたが、距離が遠すぎて確認することができない。それでも、その外形が昨日出会った砂漠の鷲であることをアーロは確信した。

鷲は岩の上に止まって海のほうを眺めていた。やがてゆっくりと翼を広げて飛び立ち、アーロに向かって真っすぐ、ゆるやかに高度を下げてきた。アーロと視線が合うほどまでに近づくと、急上昇して、そのまま南の方角へ向かって飛びはじめた。

「おーい！　僕を置いていかないで！」アーロは慌てて叫び、鷲を追い掛けて力いっぱいボートを漕ぎ出した。

スピードを落としてアーロのほうを振り向いた鷲が、再びアーロに向かって飛んできた。あまりの嬉しさに、アーロは大声で笑った。まるでアーロの気持ちが鷲に通じたかのようだった。

鷲はボートの上空で二、三度旋回すると、興味深げにアーロのすぐ近くまでやって来た。まるで、友達になろうよ、とでも言いたそうに見えたが、まだ迷っているようでもあった。ついに勇気を出したのか、静かにボートの舳先《へさき》へ降り立ち、アーロをじっと見つめた。

「やあ、新しい友よ！」アーロは微笑みながら挨拶《あいさつ》をした。「ボートに乗りに来たのかい？」

小ソフィア号は波に揺られて大きく上下していたが、鷲は舳先に止まりながらこの船旅を楽しんでいる様子だった。

「手漕《てご》ぎボートで、南の国までどのくらい時間がかかると思う？」アーロが鷲に尋ねた。

砂漠の鷲が、微笑みながら答えたような気がした。

空は晴れわたり、ボートの舳先《へさき》から広がる海はどこまでも続いているかのように見えた。砂漠の鷲がアーロの後方に続く岸を見ていた。そして、嘴《くちばし》を空に向けて小さく鳴いた。アーロがその方向を見ると、ボートが岸からかなり遠くに離れていることが分かった。砂漠の鷲がアーロに警告を発しているのだ。

「分かったよ。もう、家に戻らなければいけないんだよね。お前も旅を続けな」とアーロが言うと、砂漠の鷲はうなずき、翼を広げて舞い上がった。名残惜しそうにアーロが見ると、鷲が再びボートの上を旋回して南へと飛び立った。

「よい旅を!!」とアーロは叫び、鷲が水平線の向こうに消えるまで手を振り続けた。アーロは息を深く吸って、小ソフィア号の進行方向を変えた。

ボートを漕ぎ続けていたため、腕は疲れ、お腹も空いてきた。櫂《かい》をボートに乗せ、リュックサックからサンドウィッチとジュースの瓶《びん》を取り出した。リュックの中にはリンゴもあったが、それは後で食べることにした。

食べ終わると、アーロは少し休むことにした。セーターを枕代わりにしてボートの底に置き、横になった。目を閉じ、秋の暖かい日差しを楽しんだ。周りのすべてが静かで、眠りに落ちるまでじゃまをするものは何もなかった。

ヤエ――砂漠の少女

「渡り鳥たちが北からやって来るわ！」とヤエは叫び、彼女の家の上空を飛んでゆく大きなＶ字形の鳥の群れを指さした。

行く先を確信しているかのように一羽が群れをリードし、ほかの鳥がきれいな形を保ちながら続いていた。ヤエは鳥の数を数えようとしたが、三〇羽まで数えて諦めた。去年、父と一緒に数えたときは五五羽まで数えている。

「また渡り鳥が来る時期になったのね」ヤエの母が、竹製の古いロッキングチェアをゆっくりと揺らしながら言った。

鳥たちは、彼女たちの村を越えてさらに人家のない砂漠へと飛んでいく。この村が砂漠の前にある最後のオアシスだ。村には、石灰で白く塗られた小さな家が数軒あるだけだった。それぞれの家の窓には木製の大きな扉がある。シエスタ（午睡《ごすい》）のときに、真昼の猛暑を避けて開閉するためのものだ。

一つの小さな家が、ほかの家から少し離れた所にある。ヤエは、その家で母と二人で暮らしていた。家の周りには大きなココナツの木が数本立ち並び、その木の間から、石だらけの砂漠の風景が広がっていた。

夕暮れどき、ヤエは母と一緒にベランダに座ることにしていた。夕陽がすべてを金色に染めるとき、砂漠はもっとも美しい光景を見せる。セミの鳴き声と、母が座るロッキングチェアの軋《きし》む音だけが静けさのなかに響いている。

ベランダの枠に手を置いてヤエは空を眺めた。ヤエの姿が夕暮れの空に暗く浮かんだ。濃い色の髪は、頭の上で赤いベルベットリボンで結ばれていた。去年、ヤエの一二歳の誕生日プレゼントとして母が市場で買ってきたものだ。これを気に入ったヤエは、いつもこうして長い髪を結んでいた。

空に薄い雲が現れた。

「お母さん、今夜は雨が降るかしら」期待を込めてヤエが言った。

この年の夏は暑さが続き、空気も乾いていたので、ヤエは雨期のはじまりを待ち望んでいた。雨期がはじまる前の数日間がとくに好きだった。その時期には、砂漠のほうから爽やかな風が吹いてくるのだ。

「おそらくまだでしょう」母がやさしく答えた。「まだ、一、二週間は待たなければならないでしょう」

肌に、夜の涼しさを感じはじめた。昼の砂漠は焼けつくような熱さだが、夜になると気温が急に下がってくる。ロッキングチェアから立ち上がった母がヤエの肩に手を置いた。

「もう中に入りましょう。寝る前に、何か温かい飲み物を用意するわね」

「すぐ行くわ」と言いながら、ヤエは雲の行方を目で追った。しかし雲はまだ薄く、その隙間からは星が見えている。やはり今夜は雨にならないだろう……ヤエはがっかりしながら母の後を追った。

コップ一杯のマカデミアナッツミルクをヤエの前に置き、母が「今日は何をしたの？」と尋ねた。ヤエは温かい飲み物をそっと飲みながら「特別なことはしなかったわ」と答えると、少しためらいながら言葉を続けた。

「泉まで散歩に行ってきたの」

母の表情が変わった。

「そこには一人で行かないでと、いつも言っているでしょ！　これからは絶対に一人で行かないって約束してちょうだい！」

母の顔が不安に満ちていた。

ヤエは素直にうなずいた。母が心配する理由を知っていたからだ。

「ところで、最近ノアムに会っていないようだけど……」

ヤエは黙って、小さく肩を揺すった。

「小さいときは、いつも楽しそうに一緒に遊んだじゃない」

「ええ、小さいときはそうだったけど、ノアムももう一五歳よ。もう遊びたくない年齢だと思うわ」と、ヤエは笑いながら言った。

「それでも、いつか家に誘ってみたらいいんじゃない？」母が提案した。

「どうして？」ヤエが驚くように尋ねた。

「最近、あなたがあまりにも一人で過ごしている時間が多いようだから、たまには友だちと会って話をするのも悪くないと思うわ」

「お母さん、私は大丈夫よ。それに、ノアムは近ごろ私とはほとんどしゃべらないの。挨拶《あいさつ》をしても返してくれないのよ」

マカデミアナッツミルクを飲み終えると、ヤエは母の頬におやすみのキスをして自分の部屋に行った。窓を開け、砂漠から吹いてくる風を中に入れた。薄いパジャマのまま、仰向けで横になった。石でできた部屋の壁には昼間の暑さが残っていたので、掛け布団は必要なかった。

小さなトカゲが部屋の壁を登っていた。砂の色をしたトカゲの足には吸盤《きゅうばん》があるので、垂直な壁も真っすぐに登ることができる。トカゲが天井にたどり着くまでの旅を、ヤエはじっと見守った。

お父さんのようだ！　真っすぐに伸びた砂漠の絶壁をお父さんが登っていたときのようだ！　トカゲは天井まで登れるのだろうか、それとも途中で落ちてしまうのだろうか。そんなことを考えていると、天井まで登ったトカゲが急に方向を変えて、窓から外へと消えていった。

眠りに落ちる前、ヤエは雨期がはじまる日のことを想像した。そして、雨の混じった風が吹いてくることを期待した。それが魔法をかけてくれる風であることをヤエは知っていた。

魔法の風は、すべてをよい方向へと変えてくれる。何か予期しないことや、不思議なことをもたらす風だということもヤエは知っていた。心の中にぽっかりと空いた穴を埋めてくれる何かを……。

嵐――漂流

手の甲に舞い落ちる大きな雪の結晶に気付いた。まるで映画のスローモーションを見ているように、透きとおって光る結晶にアーロは感動していた。しかし、二つ目、三つ目の結晶が舞い降りた後は、白い玉に変わってしまった雪が激しく落ちてきた。すぐに大雪となり、アーロの手と腕は瞬く間に雪で覆われてしまった。

雪は白くて柔らかだったが、手は凍るように冷たかった。手で払おうとするが、その手を自由に動かすことができない。そのうち、体を動かすこともできなくなった。

目を覚ましたアーロは、舞い落ちてきた雪が夢であったと知った。しかし、体は寒さに震えていた。どのくらい寝ていたのだろう。起き上がってあたりを見回すと、ボートが深い霧に包まれていた。強い寒気を感じ、体は凍りつくようだった。アーロは急いでセーターとマフラー、そしてキャップを身に着けた。歯をガチガチさせながら、体を温めるために力いっぱいボートを漕《こ》ぎはじめた。

どっちが岸か分からなかったが、とにかくボートを漕ぐしかほかに方法がなかった。

暗くなりはじめた。父が星座について教えてくれたことを思い出したが、空には暗い雲しか見えない。

一体、どうすれば家に戻れるのだろう。海が荒れてきた。風がうなりながら耳をかすめた。波がさらに高くなり、ボートを大きく上下に揺らした。

「小ソフィア号、どうしたらいいの？」アーロは泣きそうな声でつぶやいた。そして、体を温めるために、櫂《かい》を握ることもできないほどにかじかんだ手で懸命にボートを漕《こ》ぎ続けた。

雨が降りはじめ、たちまち冷たい大雨となった。空には稲妻が走り、大きな雷の音が轟いた。まさに今、ボートは激しい雷雨のなかで翻弄《ほんろう》されていた。櫂《かい》が流されないよう、アーロはボートの中に引き入れた。大波がボートを激しく叩き続けたが、小ソフィア号は懸命にそれに耐えていた。

アーロはボートの底で震えながら縁《へり》をつかみ、「助けて！　助けて！」と声をかぎりに叫んだ。近くを通る船が気付いてくれることに期待したが、周りから聞こえてくるのは海が唸《うな》る音だけだった。

「母さん、父さん、助けて!!」

叫び続ける声は次第に枯れていき、恐怖のなかでアーロは、ただひたすらボートの縁につかまるだけだった。

突然、風と波の唸る音のなかでアーロは別の音を聞いた。上空から聞こえてくる「キィーキィー」という鋭い声だった。その音が次第に強くなり、「シャーシャー」という翼の羽ばたく音がアーロのすぐ上で聞こえ出した。

「砂漠の鷲だ！　君も方角を見失ったの？　それとも、僕を助けに来てくれたの？」

もちろんアーロには分からなかったが、もう一人ではないと感じた。喜びの涙と打ち付ける雨で、アーロの顔はグシャグシャになっていた。

しかし、そんな喜びも長くは続かなかった。砂漠の鷲がアーロから数メートルの所に迫ると同時に、空から光の爆発のような大音響が鳴り響いた。心臓が止まるかと思うほどの大きな音だった。二つに分かれた閃光《せんこう》が海に落ちた。砂漠の鷲がカミナリに打たれたのだ。

「キャッー!!」アーロが叫んだ。砂漠の鷲が急降下して海に落ちてきた。

「今助けに行くからね。溺《おぼ》れないで！」アーロは夢中で櫂《かい》をつかみ、鷲の落ちたほうへ漕《こ》いでいったが、暗闇の海のなかで鷲を見つけることができない。

「どこにいるの？　何か合図を出して！」叫ぶが返事はない。再び力を振り絞ってボートを進めた。すると、波の中に白いものが見えてきた。砂漠の鷲が翼を広げたまま波間を漂っていた。

荒波に押し流されながら、アーロはボートを必死に漕いだ。ようやく砂漠の鷲のそばにたどり着くと、ボートの縁《へり》から手を伸ばして、大波が再びボートに打ちかかる前に翼をつかんだ。冷たい海水がアーロの全身をくぐり抜けていった。

砂漠の鷲を膝の上に引き揚げた。鷲は目を閉じたままだったが、その大きな胸がゆっくりと上下に動いていた。

「生きているんだね！　助かったんだよお前は。頑張って！」

ほっとしてアーロは鷲に呼びかけた。片方の翼が稲妻に打たれて酷《ひど》く焼けていた。

風が少し収まった。空を見上げると、黒い嵐の雲が去っていくのが見えた。アーロはボートの底に座り、砂漠の鷲をそっと抱きしめた。波はまだ小ソフィア号を上下に揺らしていた。

両肩がひどく痛む。ボート漕ぎですりきれた手のひらは血だらけになっていた。朝になるのを待つしかないと考えたアーロは、船尾《せんび》にあるベンチの下から釣り網を取り出し、クッションのようにしてボートの底に敷いた。そして、その上に、まるで鳥が巣にいるかのように砂漠の鷲と一緒に丸まった。

「僕たちは必ず助かる。僕がお前を絶対に治してあげるから大丈夫だよ」

びしょ濡れになってアーロは寒さに震えていたが、胸に抱きしめた砂漠の鷲の温もりがアーロを温めた。砂漠の鷲をしっかりと抱きしめながら、アーロは次第に眠りに落ちていった。

南の空のもっとも明るい星が雲の間からのぞいた。小ソフィア号は、波の力でゆっくりとシリウスの方向へと進んでいった。

目を覚めすと、あたりはまだ薄暗く、霧が残っていた。ゆっくりと腕を伸ばした。肩や背中が夜の間に硬くなっていた。どこかに岸が見えないかと周りを見ながら目をこすった。前方に何かが光った。「またカミナリか！」とアーロは叫んだが、雷雲はどこにも見あたらない。二秒後にまた光った。そして、三度目の光でアーロは気付いた。

「灯台だ！」アーロは喜びのあまり叫んだ。そして、網の上に横たわる砂漠の鷲のほうに向かって繰り返し言った。

「助かった、助かったんだよ！　僕たち」

朦朧《もうろう》とした目で砂漠の鷲がアーロを見た。何とか、最悪の状況は乗り越えられた。

アーロはほっとした。

「傷が痛むの？」とアーロは尋ねながら、鷲の頭をやさしくなでた。砂漠の鷲は少しだけ頭を動かした。アーロは自分のマフラーをはずし、砂漠の鷲の上にそれを掛けた。

気温が少し上がってきたようだ。アーロの服もほとんど乾いていた。ウールのキャップも脱ぎ、手で髪をすいた。

「灯台には人がいるはずだ。灯台まで漕《こ》いでいけば、灯台守がきっと助けてくれる」

アーロは期待した。

櫂《かい》を握り直して漕ぎはじめた。手のひらにできた傷の痛みも忘れていた。ボートを灯台へ近づけるためには、灯台を背にしながら漕いでいかなければならない。時々うしろを振り向き、灯台の光を確かめながらアーロは漕ぎ続けた。次第に灯台の光が近づいてきたが、海はまだ薄暗いままだった。暗い海のなか、アーロは暗礁《あんしょう》に気付けなかった。

突然、ボートが岩にぶつかり、アーロは危うく海に落ちそうになった。板の割れる音がして、鋭い岩の先端がボートの舳先《へさき》を突き破った。小ソフィア号は暗礁に乗り上げていた。岩にぶつかった音で目を覚ました砂漠の鷲が、驚いたようにアーロのほうを見た。

砂漠の鷲を膝《ひざ》に乗せたまま、アーロは状況を見極めようとした。岩は水面よりも上にあったので、幸いボートに水は入ってこなかった。しかし、小ソフィア号で灯台に向かうことはもう不可能だと思われた。暗礁の真ん中には平らな岩が数個並んでおり、それらが数メートルの間隔《かんかく》で水面に広がっていた。

「暗礁《あんしょう》に乗り上げてしまったけど大丈夫だよ」砂漠の鷲を慰《なぐさ》めるようにアーロは言った。「あの岩の上に移ろう」
砂漠の鷲を抱きかかえながらアーロはボートから下りた。足元に注意を払いながら暗礁の岩から岩へと伝っていき、ようやく平らな岩の上にたどり着いた。岩の横に葦《あし》の茂みがあり、その中に何かがあることに気付いた。マフラーに包んだ鷲を岩の上へ注意深く置いて、さらに近づいてみた。それは、海草や木の枝でつくられた鳥の巣だった。その中には三個の斑《まだら》模様の卵があった。昨夜の嵐で、母鳥はこの巣を諦《あきら》めたのかもしれない。

夜が明けてきた。周りの海が鏡のように穏やかになった。灯台は二〇〇メートルほど離れた島の崖の上に建っていた。水際に屈み込んで海水を手ですくってみた。自分がいた港の水温よりも暖かかった。灯台まで泳ぐことは可能だが、怪我《けが》をした砂漠の鷲をそのまま岩の上に残すことはできない、と考えた。しかし、ほかの方法が思い付かない。砂漠の鷲のそばに座って、アーロはやさしくその頭をなでた。鷲が目を開けてアーロを見た。

「少しはよくなった？」アーロは尋ねた。しかし、まだ弱々しい状態だった。

「少しの間、一人でも大丈夫？　僕は島の灯台まで行って、助けを求めなければならない。ほかに方法がないんだよ」

砂漠の鷲は、ゆっくりと頷《うなず》くように頭を下げた。

「できるだけ早く泳いですぐに戻ってくるから、待っていて」

約束するように、アーロはマフラーをていねいに掛け直した。

アーロは着ていた服を脱ぎ、下着だけになって、靴と一緒に岩の上に置いた。それから、葦《あし》が茂る平らな岩の横から海へ入っていった。泳ぎはじめると、すぐに体が海水の温度に慣れた。うしろを振り向き、砂漠の鷲が静かに落ち着いている様子も確認できた。灯台守に会うことさえできればすぐに戻れるだろう。

雲ひとつのない水平線から朝日が昇ってきた。灯台のほうを見ると、ライトがすでに消えていた。そのとき、灯台のうしろから黒い点が上り、アーロのほうに飛んできた。近くまで来ると、それが大きくて黒い獰猛《どうもう》な鳥だということが分かった。きっとオオタカだろうと思いながら、その勇ましく飛ぶ姿に見とれた次の瞬間、アーロに恐怖が走った。

暗礁《あんしょう》の上にあったあの巣は、このオオタカの巣だったのだ！　オオタカは巣を守るために砂漠の鷲を襲うかもしれない。しかし、砂漠の鷲は今動くことができない！

アーロはすぐに方向を変え、暗礁へ引き返すために再び力いっぱい泳ぎはじめた。オオタカは彼を追い越して暗礁に近づいていった。オオタカの鋭い鳴き声にアーロはぞ、く、っ、とした。

攻撃のポーズをとったオオタカは、猛スピードで砂漠の鷲に向かって飛んでいった。一方アーロは、鷲のいる岩からまだ二〇メートルほどの所を泳いでいた。

「その鷲に何もしないで！」アーロが大声で叫んだ。

オオタカは怒った視線をアーロに投げた。そして、抵抗できない鷲の近くにある岩に降りると、シャーシャーという声で砂漠の鷲を攻め立てた。巣の近くから追い出すかのように、鋭い嘴《くちばし》で二、三度つついた。

「やめて！」アーロが再び叫んだ。「その鷲はお前に何も悪いことをしないよ！」

二〇メートルの距離をクロールで泳ぎ、アーロはようやく岩の上にたどり着いた。オオタカが再びつついたとき、アーロは岩の上に置いてあった自分の靴をつかみ、力いっぱいオオタカに向かって投げつけた。オオタカは靴を交わしたが、驚いて数メートルほどうしろに下がった。その隙《すき》にアーロは素早く駆け寄り、砂漠の鷲を自分の胸にしっかりと抱きしめた。砂漠の鷲の心臓が激しく音を立てていた。

オオタカは鋭くわめきながら自分の巣に戻った。砂漠の鷲を抱きしめたままのアーロは、オオタカの巣から離れた暗礁の隅に移動した。

「心配しないで、僕たちは君の卵に何もしないから」説得するようにオオタカに声を掛けたが、オオタカはまだ怒った様子のままだった。

「一人置き去りにしてごめんよ」アーロは砂漠の鷲にささやいた。「もう絶対にこんなことをしないよ。助けを求める何か別の方法を考えよう」

オオタカを警戒しながら服を取り戻すと、それを身に着けた。オオタカは葦《あし》の間からアーロをにらみつけていたが、攻撃する様子はすでになかった。どうやら、アーロと砂漠の鷲が敵でないことを悟ったようだ。

お腹がすごく空いていることに気が付いた。食べ残したリンゴがボートにあることを思い出して、再び岩から岩へと注意深く飛んでボートに戻った。リュックの底にあったリンゴは少し潰《つぶ》れていたが、まだ食べられる状態であった。

一口目のリンゴの味は甘く、母がつくるリンゴパイを思い出した。思わずこぼれてきそうな涙をこらえて二口目を口にしたが、すぐにそれを口から取り出して砂漠の鷲にすすめた。

「お前もお腹が空いているだろう。これを食べてみて」

砂漠の鷲は嘴《くちばし》で小さなリンゴの欠片《かけら》を二、三回つついたが、その後、再びもうろうとした状態に落ちてしまった。

「ゆっくり休んで力を蓄えておいて」

アーロはこう言うと、残ったリンゴを一噛み一噛み味わいながらゆっくりと食べた。そして、どうすれば灯台のある島に助けを求めることができるかと考えた。リンゴがあと少ししか残っていないことに気付き、残りは鷲に残しておくことにした。砂漠の鷲が元気を取り戻すために——。

「たき火をすれば、その煙が灯台で見えるかもしれない」と思い付いた。しかし、ここには木も灌木《かんぼく》もなければ、葦《あし》以外の植物は何も生えていない。どうすればたき火をすることができるのだろう？　それに、オオタカを怒らさないで葦を集めることも難しい。

アーロは壊れた小ソフィア号に目をやった。ボートの船尾《せんび》にあるベンチは厚い板でできている。ベンチを取り外すのは簡単だ。それに、それはよく燃える！　しかし、どうやって火を付けるのか。

何か役に立つものがないかとボートの中を探してみた。ベンチの下に小さなバケツが一つと釣り糸、そして空き缶があった。照り付ける太陽を見上げて、一つのアイデアがアーロの頭に浮かんだ。缶の底は球形になっており、鏡のように輝いている。これで、太陽の光を一点に集めることができる。何か燃えやすいものが必要だ。たとえば、枯れた葦だ。アーロは注意深く葦のほうへ近づきながら、オオタカに話し掛けた。

「少し葦をもらうだけだよ。何もしないよ」

オオタカはアーロを睨《にら》んで威嚇《いかく》しはじめた。アーロが二、三歩近寄ろうとすると、翼を広げて攻撃のポーズをとってくる。

「お前の巣には触らないから」

オオタカをなだめるが効果はない。オオタカは今にも襲いかかってくるような様子だ。オオタカの大きくて鋭い爪が自分の首をつかむ……そんな光景は考えたくもなかった。

そのとき、残ったリンゴの一切れを思い出した。それを取りに行き、オオタカの近くに投げた。オオタカは頭を傾けて一切れのリンゴを見ていたが、しばらくするとリンゴのそばにジャンプして近づき、飢えた様子でつつきはじめた。食べ終わると、巣に戻って卵を抱いた。

オオタカがそんなことをしている間にアーロは数本の葦《あし》を集めた。そして、砂漠の鷲のいる暗礁《あんしょう》に戻った。

缶の底をシャツの襟《えり》できれいに拭くと、厚い板の上に数本の葦を重ねた。それから、太陽の光が缶の底に当たり、反射して葦の一点に集中するように工夫した。根気よく缶を持ち続けると、やがて葦から煙が出はじめて板に火が付いた。アーロは火をつくることに成功したのだ！

煙が穏やかに昇っていく様子を誇らしく眺めながら、アーロは充実感に浸《ひた》った。そして、砂漠の鷲の隣に座り、灯台が立つ島の誰かがこの煙に気付くことを期待した。

島の岸で何かが動いたかと思うと、アーロたちのほうに向かってきた。それが近づくにつれて、アーロの心臓は高鳴った。それが小さな船であると分かった瞬間、アーロは飛び上がって大きく手を振りながら大声で叫んだ。

船がアーロの前に着いて停まった。父の船とよく似ていたその白い船体の横には、美しい飾り文字で「*Mirabelle*《ミラベレ》」と書かれていた。船の操縦《そうじゅう》室から、背が高く、髭をはやした男が出てきた。長くて黒い髪が、古びた帽子の下でポニーテール状に縛られていた。男は両手を開き、驚いた調子でアーロを見つめて言った。

「一体、どうやってここに来たのかね？」

「昨夜の嵐で、この暗礁に乗り上げてしまったのです」とアーロが答えた。

「それにしても、どこからこんな海の沖に流れてきたのかね？」

「あそこにある、あの小さなボートで海に出ました。北の大陸の、漁師の村に住んでいます」

「北の大陸!?」男は驚いてまた叫んだ。「少年よ！　北にある自分の村からこんなに遠くまで？」

男は信じられないといった表情で頭を振った。

「君一人でボートを漕《こ》ぐ旅に出たのかい？」

「ええ、一人でしたが、途中で友だちに出会いました」

マフラーに包んで胸の上に抱えた砂漠の鷲を男に見せた。

「では、急いで私の船に乗るのだ！　その友だちと一緒にね。私の島に連れていこう！」

命令するような口調で男は言い、慌《あわ》ててアーロに手を差し伸べた。

「僕の友だちを先に受け取ってくれませんか。落とさないように気を付けてください」とアーロは頼み、砂漠の鷲を男に手わたした。両手で鷲を受け取った男は、鷲にかかっていたマフラーをはずすと大声で叫んだ。

「お前か！　本当にお前なのかい？」

男がその手をやさしく鷲の頭に置くと、鷲は目を開いて小さく鳴いた。やさしく微笑んで男が鷲に言った。

「心配していたんだ。お前がなかなか戻ってこないから」

男はアーロに視線を戻すと、深刻な顔をして尋ねた。

「この鷲に何が起きたのだね？」

「嵐のなかでカミナリに打たれたのです。溺《おぼ》れそうになっていたのを、何とか助けることができました」

「そうだったのか……。君がこの鷲を助けたのだね」男は嬉しそうな表情で、「この鷲は普通の鷲ではない」と言って、意味ありげに太いまゆ毛を動かした。

「知っています」

「本当に君がこの鷲を助けたのなら、この先、きっと何かいいことがあるだろう！」と言い添えると、それ以上話を続けようとはしなかった。

「翼の傷は僕が必ず治してあげると約束したんです」アーロは誇らしげに報告した。

「それなら、早く船に乗って出港しよう！」男はイライラしたようにアーロをせかせた。

アーロはセーターと靴をリュックに入れて肩に掛け、「僕のボートを置き去りにはしたくないのですが……」と小ソフィア号を指さして言った。

男はロープを取り出して、ボートを自分の船のうしろに結んだ。暗礁《あんしょう》をすみかにしているオオタカが、アーロと男のやり取りを葦《あし》の間から怪訝《けげん》そうに見守っていた。アーロはオオタカのほうに目をやり、ニッコリと微笑みながら手を振ってさようならの挨拶《あいさつ》をした。

レモンの木の島——灯台守

　壊れたボートを曳航《えいこう》しながら、船は島の小さな入り江に入った。入り江の中央には長い桟橋《さんばし》が架かっており、岸のうしろ側には岩の高台があった。その高台の上に灯台が空に向かってそそり立ち、眩《まぶ》しい太陽の光のなかで白く輝いていた。秋であることを感じないほどの暖かさだった。

「今、僕が北の大陸から遠い所にいるのなら、ここは南の大陸に近いのですか？」港に近づくとアーロが尋ねた。

「ここは、南でも北でもない。大洋の真ん中にある島だ」

「この島の名前は？」

「レモンの木の島と呼ぶ人々もいる。そのわけは後で分かる」

「そして、あなたの名前は？」

「私のことは灯台守と呼びなさい」

「あなたには名前がないのですか？」驚いたアーロが再び尋ねた。

「名前なんてどうでもよい。この島でもう何年も一人で住んでいるので、誰も私の名前を呼ぶことがない」彼は独り言のようにつぶやいた。

「僕の名前はアーロです」

「ではアーロ、船を桟橋《さんばし》に結び付けることができるかね？」尋ねながら、灯台守はロープを船底から持ち上げた。

「もちろん、できます」とアーロは答え、ロープを受け取ると桟橋に飛び移った。

桟橋は古く、その橋桁《はしげた》にはたくさんの海藻と貝殻がくっついていた。そして、すべての柱には金属製の輪が掛けられていた。

「ここに結び付けていいですか？」と、アーロが一つの錆《さ》びた輪を手にして聞いた。

「その輪はかがり火用のものだが、結び付けてもいいだろう。暗い時間に船が着くと、このかがり火で桟橋《さんばし》を照らすのだ。しかし、もう長い間使っていない」

二人が岸に向かって歩きはじめると、桟橋が危なげな「キシ、キシ」という音を立てた。桟橋の端に着くと、アーロは屈んでジーンズの裾《すそ》をめくった。岸辺は小さな丸い石で覆われていて、裸足の裏に心地よい感触を伝えた。

「ここから灯台まで上ろう」

岩の急斜面に張り付いているかごとくの、クネクネと曲がった小道を指さしながら灯台守が言った。男は慣れた足どりで、砂漠の鷲を抱きかかえながら素早く上っていった。その後を追うようにして、アーロはやっと岩の上にたどり着いた。

弾んだ息を休ませるために立ち止まると、目の前には緑の野原が広がっていた。そこでは、二頭のヤギが草を食んでいた。大きいヤギは彼らを気にする様子もなく草を食べ続けたが、小さいほうのヤギが興味深そうに頭を持ち上げ、アーロが近寄ると「メェー」と鳴いて首のベルをカラカラと鳴らしながら近づいてきた。そして、アーロの前で止まると、大きなヤギとアーロを交互に見比べてから、再び草を食べに戻っていった。

野原には、黄色い実を付けたレモンの木が立ち並んでいた。たくさんの実でたわんでいる枝が、緩やかな下り坂に沿って長く続いていた。

「木になっているレモンを見るのは初めてだ！」と、アーロが興奮して叫んだ。

灯台守が近くの木から一つもぎ取って、アーロにわたそうとした。レモンを受け取ろうとするアーロの手のひらを見て、血だらけになっていることに気付いた。

「嵐のなかでボートを漕《こ》いでいて、できた傷です」

「手当てをしたほうがいい。鷲の翼を手当てするときにその手も治療しよう」

うなずいて、アーロはレモンを受け取った。

「香りを嗅《か》いでごらん」

灯台守の言葉どおり、アーロはレモンを鼻にあてて深く息を吸った。爽やかな香りが鼻から体全体に広がり、元気が出るような感じがした。

「レモンは、船乗りたちにとって人気の果物だ。長い船旅の間、病気を防ぐ効果がある。この島に来た最初の灯台守がここに数本の木を植えた。それが自然に増え、今は島全体がレ

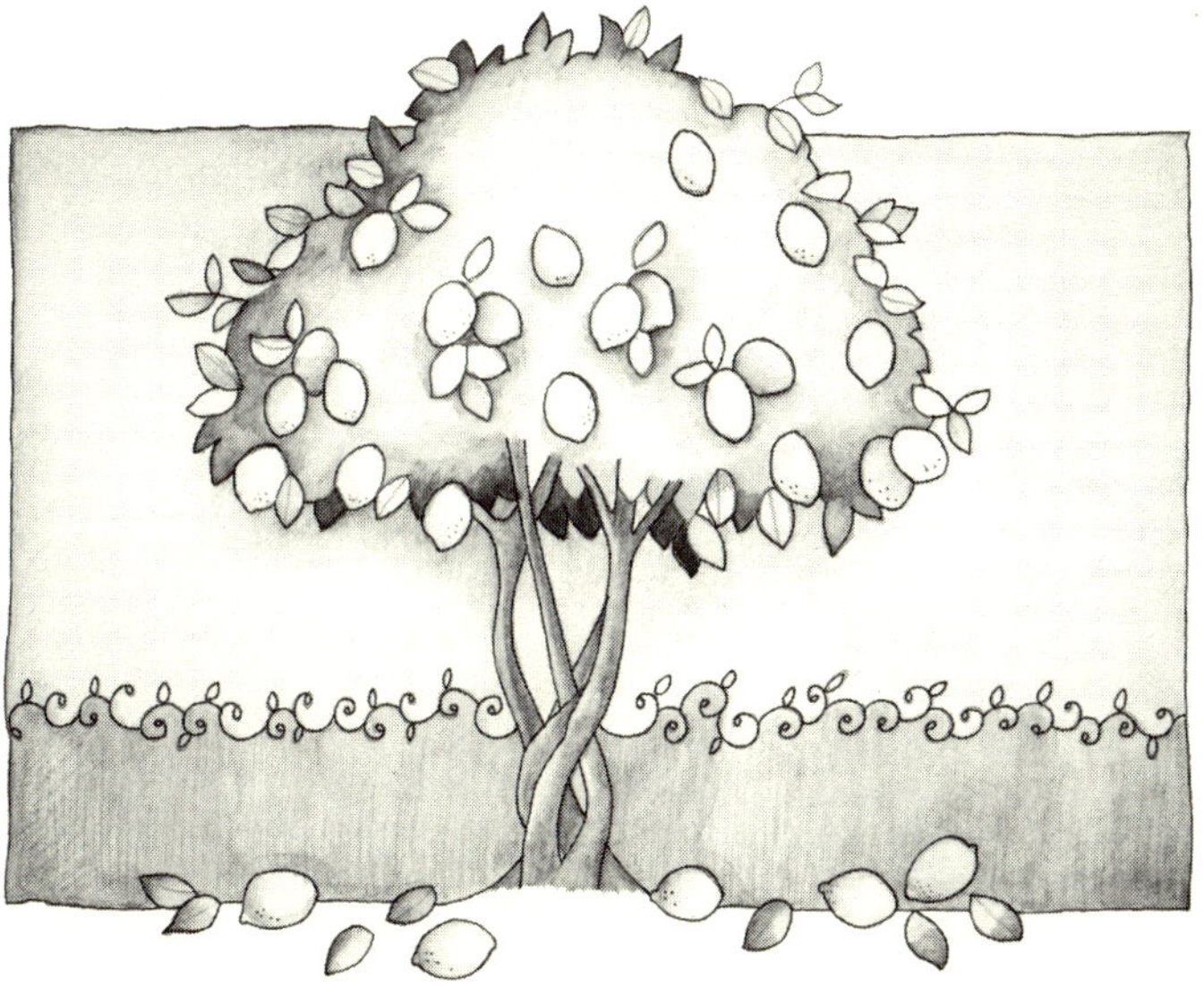

モンの果樹園になっている」と、野原からさらに谷間まで続いているレモンの木々を指さして男が言った。

近くまで来ると、灯台はかなり古びていた。白く塗った壁の石灰が所々剝《は》げかかっており、ひび割れがあちこちに見られた。今にも倒れるかと思えるほどだった。

「この灯台はどのくらい古いのですか？」

「とても古い」灯台守がそっけなく言った。「二〇〇年くらいかな」

灯台の前に小さな家が建っていた。その家の壁も白く塗られ、厚い藁葺《わらぶ》きの屋根の下に薄い青色の窓枠が見えた。家の前には、雄鶏《おんどり》と二羽の雌鶏《めんどり》がいた。

「ここが私の家だ」歓迎するように、灯台守が木製の分厚いドアを開いた。中に入ると、コーヒーの香りが漂ってきた。部屋の真ん中には大きなオーブンが据《す》えられており、その上に鍋やフライパンなどがぶら下がっていた。調理台の上には、銅製のポットが火にかけられていた。

灯台守は、砂漠の鷲を肘掛《ひじかけ》椅子にゆっくりと下ろした。鷲はまだ動かなかったが、目を開けて灯台守の動きをじっと見つめていた。

「砂漠の鷲はあなたの友だちでもあるのですね？」

「私たちは、もう何年も前からの友人だ」

床の中央に置かれたがっしりとしたテーブルに、皿とコーヒーコップが用意されていた。まな板の上には二つに切られた食パン、その横の皿にはチーズが乗っていた。

「今朝、ライトを消すために灯台へ登ると、オオタカの暗礁《あんしょう》に煙を見た。それで確かめに行ったのだ。まだ朝食の前だった。ところで、お腹が空いているんだろう？」

灯台守がアーロに尋ねた。自分からは食事のことを言いづらいと思っていたアーロは、灯台守が尋ねてくれたことが嬉しくて、思わず大きくうなずいた。

「朝食を用意するから、テーブルの前に座りなさい」灯台守はそう言うと、古いスエード革のコートを脱いで入り口近くのフックにぶら下げた。

灯台守の首のうしろ側に、飾りのような輪が見えた。灯台守が振り返ると、それは薄い銀糸を絡《から》ませた革の紐《ひも》だと分かった。その紐には半月形の滑らかな石が通されており、時々、それが太陽の光をかすかに反射した。

灯台守はシャツの袖《そで》をたくし上げ、調理台の横にある籠から卵を二つ取り出して焼いた。そして、自分にはコーヒーを、アーロにはミルクを注いだ。ミルクの奇妙な香りと酸味に、アーロは思わず鼻をヒクヒクとさせた。

「ヤギのミルクだ」灯台守が笑って言った。「健康のためによい飲み物だ」

朝食が終わると、灯台守は髭《ひげ》を擦《さす》りながら「さあ、次は鷲の翼だ」と言って、砂漠の鷲を自分の膝の上に乗せて肘掛《ひじかけ》椅子に座った。そして、左の翼を注意深く動かした。翼の上の端に黒く焼けた跡があり、そこには血まみれとなった傷があった。

「飛べるようになるまでにはかなりの時間がかかりそうだ」

そう言うと、灯台守は鷲をアーロの膝の上に移して家の外に出た。戻ってきた男の手には、新鮮なニンニクの束が握られていた。皮をむいたニンニクの欠片《かけら》を小さく刻んでボウルに入れると、窓際にある棚の果物籠からレモンを一つ取り出して半分に割り、その汁をニンニクの上に絞り入れた。

「これで、傷にバイ菌が入るのを防ぐことができる」灯台守はボウルの中身をスプーンで混ぜながら説明した。「次はどうやって傷を手当するのか、よく見ていなさい。明日からは、この役目を君に任せるよ。傷を治してあげると鷲に約束したんだろ」

灯台守は消毒した布で傷口をていねいに拭《ふ》いた後、先ほどつくった「薬」を傷の上に塗って鷲に話し掛けた。

「これを塗ると痛むが、よく効くのだから我慢しなさい」

そして、「薬」が乾いてから傷口を包帯《ほうたい》で包んだ。

「数日後には飛べるようになるぞ！」灯台守は鷲に約束するように言った。

「では、次は君の番だ」

灯台守はアーロの手を自分の手のひらに取って言った。鷲の傷を手当したときと同様に、アーロの手をきれいにしてからニンニクとレモンの薬を塗った。その薬があまりにも染みるので、アーロは顔を歪《ゆが》めてしまった。

「我慢しなさい、自分のためなのだから。傷は深くないので、明日には包帯を外すことができるだろう。すぐに元通りの手になる」

その後、陽が落ちる前にボートを見に行こう、と灯台守は提案した。

「満ち潮で流されないよう、ボートを岸の上に運ぼう」

小ソフィア号は桟橋《さんばし》の横でゆっくりと波に揺られていた。

「あそこに私の作業場がある」桟橋の近くにある船停まりを指さしながら、「なるべく、その近くまで引っ張っていこう」と言った。

二人でボートを岸に引っ張り上げた。

「レモンの木を一本切って、それで板をつくろう。その板で、君のボートを再び海へ出られるようにしよう」ボートの舳先《へさき》にできた穴をのぞきながら灯台守が言った。

「もうすぐ冬になるが、そうなると大きな嵐がしばしばやって来る。昨日の嵐はその前触れだ。この時期に、こんな小さなボートでは何もできやしない。それにしても、こんなボートで一体どうやってここまでたどり着いたのか、私にはまったく想像できないよ」と、灯台守があきれ顔で言った。

「家に戻るには、春を待たなければならない。それまで、私と一緒にここに住めばいい。ただし、灯台の仕事などを手伝ってもらうがね」


夜、灯台のライトを灯すためにアーロを灯台の上へと誘った。埃《ほこり》だらけの空気の悪い灯台の中を、小さな窓から差し込む薄い光を頼りに螺旋状《らせんじょう》の階段を伝って上っていった。階段は上にある小さな部屋で終わっていた。中に入ると、周囲がガラスで囲まれた部屋が夕暮れの淡い光にあふれていた。天井の高いドームは、所々、白い石灰がはげていた。

中央部分にはアーロの背丈ほどある太い金属製の台が置かれ、その上にはさまざまな大きさの歯車があった。そして、歯車の上方にまた大きなガラスドームがあり、その中にライトが見えた。灯台守は金属製の台に掛かっている梯子《はしご》を上り、小さな鉛の油差しから歯車の間に注意深くオイルを注いだ。

「夜の間じゅうライトを動かすために、この機械をていねいに世話をしなければならない」と、灯台守が説明した。

部屋の隅には、色の濃い厚い木でつくられた古い櫃《ひつ》が置かれてあった。それは、鉄の板できれいに飾られていた。灯台守がアーロの興味深そうな視線に気付いた。

「それは、灯台ができてから、灯台守から灯台守へとずっと受け継がれてきたものだ」

「中には何が入っているのですか？」

「灯台守の仕事に必要なものが入っている」と言って、男は櫃の蓋《ふた》を開けた。底のほうにはさまざまな色の旗が丸めて並べられており、その上に磁石、ナイフ、望遠鏡などの道具がきれいに揃えて置かれていた。

「おいで、見せたいものがある」

灯台守は古い望遠鏡を取り出して、部屋の周りにめぐらせたテラスに出るドアのほうに行った。そして、「高い所は怖くないかい？」とアーロに聞きながらテラスに出ていった。アーロが後に続いた。アーロはテラスの手すりに寄りかかりながら、目の前に広がる眺めに感動した。上には広い空、下には岸を叩くように打ち寄せる波が見えた。鳥のように手を広げて立つアーロの髪を、風が掻《か》き回した。

「怖くないです」と、アーロは気持ちよさそうに微笑んだ。

「この島は、暗礁《あんしょう》がもっとも多くある大洋の真ん中にある。暗礁に乗り上げないよう船を導くために、灯台がここに建てられたのだよ」と説明をした灯台守が、望遠鏡を目に当てた。

うなじに縛った長い髪と、古い望遠鏡を手にした灯台守の姿は、まるで海賊船の船長のようだった。

望遠鏡をアーロにわたすと、「あそこが、君のボートが暗礁に乗り上げた場所だ」と、指で北のほうを指した。岩のようなものが少しだけ海面に盛り上がっている光景が目に入ったが、望遠鏡をのぞくと、まるですぐ近くにあるように大きくはっきりと見えた。その盛り上がりが暗礁であることが分かった。今も、オオタカが巣に座って卵を抱いていた。

「以前は、ここを往来する船も多かった。数日間、島に立ち寄る船もあり、船乗りたちはここでレモンやヤギのミルク、卵を手に入れ、私は彼らからコーヒーなどの必需品をもらっていた」

灯台守は昔を懐かしがるような眼差しになった。

「しかし、時が経った。この灯台も必要なくなったようだ。船には近代的な羅針盤《らしんばん》や機械が備えられ、航路も変わった。最近では、砂漠の鷲が唯一の客だ。春と秋の海渡りのときに、ここに寄ってくれるのだ」

「それなら、なぜ今も灯台のライトを付けるのですか？」

「念のためだよ。この島に寄ってみたいという船がまだいるかもしれないからね」

灯台守は水平線に目線を移しながら続けた。

「実は、私自身、ある船が来ることを期待しながら待っているんだ」

言い終わると灯台守は中に戻り、金属製の台の横にある大きな棒を上のほうに押し上げた。留めがはずれたように歯車が動き出し、上方のライトに眩しいほどの明かりが灯った。ライトが正しく回っていることを確かめた後、灯台守は望遠鏡を櫃《ひっ》に戻して蓋《ふた》をていねいに閉めた。

「櫃は、父のお爺さんのお爺さんから受け継いだものだ。彼は、この灯台の初代の灯台守だった。死ぬまでこの灯台を管理し、その報償としてこの島をもらったのだ。それからずっと、この仕事は私たち家族の父から息子へと引き継がれてきた。しかし、私には受け継いでくれる息子がいない。この灯台の役目もこれが最後だ」

灯台守はさらに続けた。

「それに、ご覧のとおり灯台はもう古くて今にも崩れそうなありさまだ」

家に戻ると、灯台守は居間にあった木製のソファをアーロのベッドとして用意した。自分の家のベッドに比べると硬そうに見えたが、嵐のなかで過ごしたボートからすればかなり魅力的なものに思えた。アーロはすぐに横になった。夕陽の柔らかな光が窓から差し込んでいた。

「私はこれから岸辺を歩いてくる。夕暮れどきの、毎日の日課なのだ」

アーロのあくびを見て、灯台守は「君はもう眠りの世界に入るほうがよさそうだ」と付け加えた。

「ありがとう。おやすみなさい」

アーロの返事と同時に、灯台守が外に出ていった。

砂漠の鷲が、アーロの横で肘掛椅子《ひじかけいす》に横たわっていた。包帯《ほうたい》の巻かれた翼が息のリズムに合わせて上下していた。目を閉じたアーロは静けさに浸った。「おやすみなさい！」と誰かが言ったような気がした。驚いて目を開けると、砂漠の鷲の深い黒い瞳がアーロを見つめていた。

「おや、僕は君の気持ちが分かるようだよ！」アーロは急に大きな声を上げた。美しくて珍しいこの鳥を救うことができたという嬉しさが、体いっぱいに込み上げてきた。

「おやすみなさい。よい眠りを！」砂漠の鷲に挨拶《あいさつ》すると、アーロは柔らかい掛け布団に包まれて深い眠りに落ちた。

——柔らかい長い羽毛がアーロの腕から伸びはじめた。そして、腕が少しずつ翼に変わっていった。それらを横に広げて上下に動かしてみた。アーロの体は羽が生えたように軽くなり、いつのまにか足の下から地面が消えていった。

太陽の光に照らされて、アーロの周りは真っ白だった。アーロは大空を、雲の中を飛んでいた。雲が消えていくと下に砂の丘稜《きゅうりょう》が見えた。砂の丘はどこまでも果てしなく続いていていた。

＊＊＊

雄鶏《おんどり》の鳴く声でアーロは目を覚ました。嵐に遭ったことや暗礁《あんしょう》に乗り上げたこと、そして大洋の真ん中にあるこの島のことを思い出すまでに少し時間がかかった。あたりがまだ暗かったので、アーロは掛け布団を頭からかぶり直して再び寝ようとした。

「おはよう。もう起きる時間だ！」

灯台守の大きな声が聞こえた。眠気《ねむけ》がまだ覚めないアーロは、どうしてこんなに早く起きなければならないのかと少し腹立たしく思ったが、それでも元気よく布団から顔を出して「おはよう！」と、クシャクシャの髪を押さえながら灯台守に朝の挨拶《あいさつ》をした。

「夜明け前が釣りには一番いい時間だ。昼食用の魚を捕りに行こう」

ベッドを離れ、テーブルに着こうとするアーロを見て灯台守が言った。

「今はまだ食べない。朝食は戻ってからだ」言い終わると、すでに彼はドアから外に出ようとしていた。

早朝の静けさのなかを、二人は岸へと下りていった。灯台守は釣り竿をアーロにわたして船の舵《かじ》を取った。穏やかな波間を、小さな波紋を残しながら船は進んだ。アーロは釣り糸を海に投げ、浮きの動きをじっと見守った。もちろん、アーロも魚釣りが大好きだった。とくに、魚が浮きを引く瞬間が好きだった。

しばらくして、浮きが水面の下に沈んだ。糸が引くのを感じても、アーロは慌てずにしばらく待ってから竿を上げた。大きな魚が糸の先でヒレを勢いよく動かした。魚をフックから素早く取り外すアーロの動作を見ていた灯台守が、驚いた様子でアーロに声をかけた。

「魚釣りは初めてではないようだね」

「ええ。釣りは小さいときからやっています」

「それを捌《さば》くこともできるのかね？」

「もちろんです」

「誰に教わったんだい？」

「父からです。父は漁師です」

灯台守の納得した顔を見て、アーロは自分を誇らしく思った。アーロが再び釣り糸を投げようとすると、灯台守がそれを止めた。

「昼食には、今釣れた魚で充分だ。食べる分以上に釣りをする必要はない」

アーロは釣り竿を下ろし、二人は桟橋《さんばし》に戻ることにした。朝霧が薄くなり、太陽が水平線から顔を出した。突然、アーロのお腹がグルグルと鳴った。

「お腹が空いたようだね」と灯台守が笑い、アーロがうなずいた。

「私が朝食の準備をする間に卵を集めてきなさい。それで、朝食分の労働は終わりだ」


アーロが朝食を食べ終わったとき、灯台守はすでにコーヒーを飲んでいた。

「食べ終わったら、私の二人の友だちであるモナとビアンサを紹介しよう」

驚いて、アーロは食卓から顔を上げた。

「この島で、一人で住んでいると思っていましたが……」

「私にも友だちがいるよ。雄鶏《おんどり》と雌鳥《めんどり》、それに、二頭のお嬢さんヤギのモナとビアンサだ。今からモナのミルクを搾《しぼ》りに行かなければならない」

「僕はヤギのミルクを搾ったことが一度もありません」アーロがまた興奮気味に言った。

「では、今がそのチャンスだ」灯台守はそう言いながら、台所の隅から木製のバケツを持ってきた。外に出ると、灯台守は人差し指を口の前に当ててささやいた。

「静かに聞いてごらん。そうすればヤギを見つけることができる」

アーロの耳には、まず岸に打ちつける波の音、そして小鳥のさえずりと柔らかい風の音が入ってきた。耳をさらにすますと、やがて小さく響くベルの音が聞こえてきた。二人がその音のほうへ進んでいくと、レモンの木の下でタンポポの草を食べている二頭のヤギが見えた。

「年上のヤギがモナ、あの子ヤギがビアンサだ。私がこの島へ来たときには、すでにモナはここにいた。ビアンサのお祖母さんだ」

灯台守の声を聞いて、二頭のヤギが頭を上げた。それから口の中で草を反芻《はんすう》しながら、好奇心に満ちた目でアーロを見た。灯台守はモナのそばに行ってかがむと、バケツをモナの乳房の下に置いた。

「見なさい。こうやるんだ」アーロに乳を搾《しぼ》る様子を見せながら灯台守が言った。

アーロがヤギのそばにかがむと、土とヤギの毛、そしてミルクの混じった強い臭いが鼻を突いた。

ヤギの乳房をていねいに親指と人差し指の間に差し込んでいる灯台守が言った。

「遠慮なく強く握って。乳房全体を握れば、ミルクがシャワーのようにバケツに入ってくる」

アーロはそっと握ってみたが、ミルクが出てこない。それで、乳房を強く下のほうに引っ張った。すると、モナが怒って顔をアーロのほうに向けて「メェーメェー」と叫んだ。

「ごめんなさい！」アーロは慌てて乳房から手を離した。

「乳房を引っ張る必要はない。乳房全体を強く握るとミルクが出てくる」

再びアーロは試してみた。ようやく、ミルクが細いシャワーのように出はじめた。

酸っぱいミルクの香りがアーロの鼻をくすぐった。乳房は柔らかくて暖かだった。

搾《しぼ》るのは気持ちがよかったが、バケツがなかなかいっぱいにならず手が疲れてきた。

バケツの半分まで入るとミルクが出なくなったので、アーロはほっとした。

「さあ、これで私たちが今日飲むだけのミルクは搾れた」灯台守はやさしくモナの背中をなでながら言った。「モナ、ありがとう」

小ヤギが自分もなでて欲しいかのように、頭を傾けてアーロを見た。

「なでてもいいですか?」

「もちろんだ。ビアンサはなでてもらうのが大好きだ」

アーロはビアンサの白い背中の毛に手を入れて、やさしくなでた。柔らかい毛が気持ちよく手のひらをくすぐった。ビアンサが目を閉じて、満足そうに「メェー」と鳴いた。

昼食が終わり、太陽が空の中央に昇ると、灯台守があくびをした。

「さあ、昼寝の時間だ。昼の盛りの暑さがゆるむまでしばらく休もう」

「僕は、普段昼寝をしません」

「それなら、日中のもっとも熱いときは何をするのかね?」灯台守が驚いたように尋ねた。

「僕たちの所には猛暑がありません。昼間も、それほど暑くはなりません」

「そうだった。君が北の大陸から来たということを忘れていた。しかし、昼寝に慣れると案外元気になるものだ。その後、鷲の手当てをすればいい」

昼寝をする習慣のないアーロは、木製のソファの上で何度も寝がえりを打ちながら灯台守が起きてくるのを待った。昼寝が終わると、灯台守はアーロに一個の新鮮なレモンを取ってくるように指示した。

アーロはレモンを半分に切ってその汁を絞り、灯台守が教えてくれたように、刻んだニンニクに少しずつ混ぜた。しかし、次の包帯《ほうたい》を巻き替える作業が難しかった。鷲の包帯を少しずつはずそうとしたが、傷から滲み出た汁が乾いて、包帯にこびり付いていた。

包帯を無理に外そうとしたとき、アーロは砂漠の鷲が受けるであろう痛みを自分の腕に感じた。苦痛が長く続かないように、別の方法を見つけなければならない。アーロはていねいに傷をきれいにしてから、レモンの「薬」を塗って新しい包帯に巻き替えた。

翌日、アーロは鷲を膝の上に乗せると、包帯の端を手に持ちながら「このやり方はちょっと痛いと思うけど、一瞬なので我慢してね」と言うと同時に、鷲の翼にくっついた包帯を一気にはがした。痛みのあまり鷲は体を硬く丸めたが、アーロもまた同様に左の肩に激しい痛みを感じた。翼の傷が開いて、血が流れ出していた。

「ごめんなさい。これはよい方法じゃなかったね！」砂漠の鷲の背中をなでながらアーロは謝《あやま》った。

三日目、ようやくアーロは痛まずに包帯をはずす方法を見つけることができた。温かいお湯に浸したきれいな布を、翼に巻かれた包帯の上からそっと押し当てた。傷口にお湯が染み込んでいくと、包帯は簡単にはずれた。「ありがとう」と、砂漠の鷲がつぶいたのが分かった。

傷口に「薬」を塗るとき、自分の腕に感じる痛みが以前ほど強くなかったので、傷が治りつつあるとアーロは感じた。

「今日は、君のボートの修理をはじめよう」と、灯台守が決断するような口調で言った。

二人は丘を下って、一本の太いレモンの木を倒した。幹を割り、船着場まで運ぶと、そこでノコギリを使って板をつくった。

「今日はこれくらいにしておこう。もう昼寝の時間だ」灯台守が額の汗を拭《ふ》きながら言った。「まだ冬だ。時間はたくさんある。春になったら、タールを塗って仕上げよう。新しい、立派なボートになるぞ」

灯台守は、小ソフィア号の横板を叩いて嬉しそうに言った。

木を倒して板をつくるという慣れない仕事で疲れ果てたアーロは、木製のベッドに倒れ込むように横になった。窓から差し込む太陽がアーロの横顔を暖めた。今日の昼寝はぐっすり眠れるにちがいないと思ったのだが、この日の昼寝は夜の眠りとは様子が違っていた。アーロは、自分が夢の世界にいたのか、それとも起きていたのかさえはっきりとは分からなかった。

――出発に備えて、アーロは岩の上に立っていた。砂漠の鷲が猛スピードで彼に向かって飛んで来ると、アーロの胸を突き抜けていった。すると、アーロは翼を広げて空高く舞い上がった。海も、陸も、眼下に流れていった。風がアーロを砂漠のほうへ運んでいった。

翌朝、アーロを起こしに来た灯台守はこれまでとは違った男に見えた。クシャクシャな太い髭《ひげ》を剃《そ》り、髪の毛も短く切っていた。灯台守の強い顎《あご》とがっしりした顔の形がはっきりと確認できた。

「この島に住んでいる人間が一人ではなくなったので、少し身なりを整えるほうがいいと思ってね」と、灯台守は髭のない顎《あご》をなでながらはにかむように微笑んだ。そして、砂漠の鷲の翼を調べた後、アーロに向かって言った。

「もう包帯《ほうたい》はいらないようだ。傷がふさがっているので、じきにかさぶたができるだろう。次は、この翼で飛べるように練習をはじめなければならない。鷲を外に連れてきなさい」

外に出ると、灯台守がアーロに「鷲を離してみてごらん」と命じた。

鷲が乗っている自分の腕を高く上げてみたが、鷲は動こうとせず、ためらうような視線を空に向けるだけだった。

「羽根の力が衰えないように、翼を動かさなければならないんだ。やってごらん」と、灯台守は鷲を励ました。鷲がゆっくりと翼を広げようとしたとき、アーロは肘《ひじ》に痛みを感じた。鷲は弱々しく翼を数回動かしたが、やはり飛ぶ様子はなかった。

「鷲を手伝ってやりなさい」灯台守がアーロに言った。

「どうやって？」

「励ますんだよ。君の力を彼に与えればいい」

アーロは素早い動きで腕を高く上げて鷲を離そうとした。鷲が翼を広げるとき、アーロの左肩にかなりの痛みが走った。しかしアーロは、その痛みに耐えながらさらに腕を広げ、その後、思い切って下げた。目を閉じると、アーロ自身の足が地面から離れていくのを感じた。風が、その足と地面の間を通り抜けていった。

目を開けると、鷲が翼を激しく動かして空高く飛び上がっていた。しかし、その飛行は長く続きそうになかった。アーロのほうに視線を送る鷲の目は苦しそうだった。

アーロが腕を上げると、その上に鷲が降りてきた。

鷲の荒々しい息づかいに合わせるかのように、アーロに目眩《めまい》が襲った。呼吸が整うと、鷲の黒い目が嬉しそうにアーロを見つめた。

「いいスタートだった」

灯台守が満足そうな笑顔で鷲の背中をなでた。灯台守がこんなにも明るい笑顔を見せるのは初めてだとアーロは思ったが、ひょっとすると、髭《ひげ》がそれを隠していたのかもしれない。

「君がこの鷲に力を与えることができると分かった。根気よく訓練を続けよう」

灯台守がアーロの肩に手を置くと、アーロの肩がまた痛んだ。

「嵐の中で鷲を救ったから、君と鷲の間には特別な絆《きずな》ができたようだね」

アーロ自身も、自らの力を鷲に伝えることができると確信した。鷲が再び飛べるようになり、南の砂漠へ行けるように訓練をしたい。せっかく助けたのだから、約束どおり元気にしてあげたい、と改めて思った。

「これから毎日、少しずつ飛ぶ時間を延ばしながら訓練を続けるといい。鷲が疲れすぎないように注意を怠《おこた》らないこと。部屋の中で休ませよう、今日はこれで充分だ。私はまた、夜の散歩に岸まで行ってくる」と、灯台守が言った。

「僕も一緒に行ってもいいですか？」

今夜は暖かく、岸で散歩するのもよさそうな感じだ。

「では、一緒に行こう」灯台守がうなずくように肩を動かした。

二人はゆっくりと水際《みずぎわ》を歩いた。波がやさしく、岸の石を洗っていた。

「足元をよく見てごらん。月の石を見つけられるかもしれない」灯台守が言った。

「月の石って何ですか？」アーロが興味深く尋ねた。

灯台守はシャツの下から首飾りを取り出して、それをアーロに見せた。

「灯台守たちの伝説だよ。月から一つの塊がはずれて海の中に落ち、その塊が数多くの小さな粒に砕け、それらが水の流れに乗って世界中に広がったと言われている。月の石の大きな欠片《かけら》は、この島の近くに落ちたのかもしれない。なぜなら、多くの船乗りたちがここで月の石を見つけて、自分の恋人にプレゼントをしたと言われているんだ」

灯台守が手にしている飾りは、岸に転がっているほかの石とあまり変わらないもののようにアーロには思えた。

「何千年もの間に月の石は波で丸く磨かれ、普通の石と区別できるのは、月の光が当ったときだけだ。そのとき、わずかな光でもこの石は輝くんだよ」

灯台守の半月形の飾りを見て、「でも、その石は丸くないですね」とアーロは言った。

「これは月の石の半分だ。私たちがこれを見付けたときは、満月のように丸くて、珍しく大きなものだった」

灯台守はシャツの中へ戻す前に、その石に軽くキスをした。

「では、残りの半分はどこにあるのですか？」アーロは好奇心にかられた。

彼らは歩きながら小さな入り江に着いた。そこから岸までは岩が続いていた。夕陽が当たる水際の大きな岩に座って、灯台守は海のほうへ視線をやった。

「ミラベレ」とつぶやく灯台守の言葉に、アーロは船の側面に美しく書かれてあった文字を思い出した。灯台守は座っている岩を指さしながら、「ここに座りなさい。君にミラベレの話をしよう」と言った。

ミラベレ——灯台守の回想

灯台守として、この島に来て一年目のことだった。ある日、彼女が大きな貨物船でやって来た。その船は東から北に向かって紅茶や果物などを運んでいたのだが、その途中、船の中で腸チフスが発生した。

腸チフスにかかった乗組員の状態を見て、航海を続けることが難しいと判断した船長は、この島の近くに錨《いかり》を下ろし、船員たちが回復するのを待つことにした。船長は船に残ったが、彼の娘が病気にかからないよう、老人の船乗りを護衛につけてボートでこの島へ送った。

私は、灯台からそのボートが近づいてくる様子を望遠鏡で見ていた。そのとき彼女は、舳先《へさき》に座っていたのでうしろ姿しか見えなかったが、レースで飾られた白いワンピースを着ていたことは分かった。ただ、彼女の顔を見ることは一度もできなかった。なぜなら、彼女は灯台のほうを振り向くことなく、遠ざかっていく父の乗った母船だけをじっと見つめていたからだ。

灯台のライトを消して、彼らを迎えるために急いで岸に下りると、二人はすでに家の前に立っていた。ボートを漕《こ》いできた老人が足を引きずりながら歩み寄り、帽子をとって挨拶《あいさつ》をしてきた。前歯が一本なかったが、その微笑みはやさしいものだった。

老人のうしろからそっとのぞく彼女の顔を、私は初めて見た。グリーンの瞳が私を見ていたが、すぐに視線を落とした。しかし私は、その前の彼女のわずかな微笑みに気付いていた。老人が、船長からの手紙だと言って私に手渡した。

島のみなさまへ

われわれの船で危険な腸チフスが発生しました。私の愛する娘が病気にかからないよう、乗組員たちが回復するまで娘を預かってくださることをお願いします。世話をしていただくお礼は、惜しみなくさせていただきます。マストに掲げられた黒い旗が病気の印です。この病気を乗り越えることができたときに旗を降ろします。

敬意を込めて　ステラマリス号の船長より

二人の滞在を反対する理由は、もちろん何もなかった。船長の愛する娘ミラベレと、心のやさしい船乗りのグスタボ老人が、私のゲストとして島に滞在することになった。私の寝室をミラベレに譲り、グスタボ老人には居間にある木製のベッドに寝てもらうことにした。

私の寝床は灯台の中に用意した。そのことに何の不満もなかった。彼女が島に留まるためなら、私はどこに寝ようが一向に構わないと思ったのだ。

最初の日の夕方、ミラベレが灯台にいる私の所を訪ねてきた。灯台のテラスから二人で星空を眺めたが、そのとき、誰よりも天空に近い所にいるという感じがした。

時が流れていった。夏、猛暑の耐え難いときだった。グスタボ老人がレモンの木陰で昼寝をしている間に、私たちは島の南側に広がる小さな白い砂浜へひそかに向かった。服を脱ぎ捨て、先を争うようにして海に飛び込んだ。周りのすべてが一つになったような一体感があった。海、風、レモンの木々、太陽の光、灯台、そしてミラベレと私。彼女が永遠にこの島にいられることを私は望んだ。

腸チフスは船で猛威《もうい》を振るい続け、ミラベレは数週間にわたって私の所に留まった。

毎日、窓から船を眺め、黒い旗が見えなくなることを私は恐れていた。

夏が終わりに近づき、レモンの実が木で熟しはじめた。ミラベレと二人でそれらを箱いっぱいにもぎ取り、グスタボ老人がそれをボートで母船へと運んだ。

レモンが彼らの病気を回復させたにちがいない。ある秋の朝、とうとう黒い旗が降ろされ、船長が娘を迎えに島へやって来た。

「娘の世話をしていただくお礼を約束しましたが、何を希望されますか？」

「娘さんを私にください！」

私はミラベレの前にひざまづくと、彼女の手をとって船長に訴えた。

「ミラベレが私の妻となって、この島に残れるようにお願いします。彼女を心から愛しています」と、私は誇らしげに伝えた。

船長は私とミラベレを交互ににらむと、驚きのあまり声を出すことさえできない様子だった。私の手を握るミラベレの手に力がこもった。

「こんな若い少女を、大洋の真ん中の小さな島に残すことなんかできるものか。とんでもないことだ！」船長は怒った。「娘は私と一緒に船へ戻る！」

叫びながら船長は、ミラベレを自分のそばへと引き寄せた。ミラベレは泣きながら残りたいと懇願《こんがん》したが、無駄な抵抗だった。一七歳の娘は父親に従うしかなかったのだ。

「では、せめて今夜一晩だけ、彼女を僕の所にいさせてください。それが、お礼として私が望むことです」

私は必死に懇願した。

「仕方がない。一晩だけだ」と、船長はしぶしぶ答えた。

その日は、さわやかに晴れわたった夜だった。ミラベレとともに私は、この岩に座って海を眺めていた。彼女の髪と白いスカートが風に揺れて、これまでよりもさらに美しく見えた。

「あなたの姿を心に刻んで残しておきたい」と、私は言った。

それまで何もしゃべらずに悲しそうな顔をしていたミラベレが、「私のそばに来て！」と言いながら私の手を自らの手の中に包み込み、明るい表情になって言った。

「私、戻ってきます！　自分で物事が決められるようになったら、この島のあなたの所に必ず戻ります。私を待っていてくださいますか？」

もちろん、私は待つことを約束した。

ここまで話すと、灯台守はまるで思い出にふけっているような表情をした。アーロは話の続きを待っていたが、どうやら今日はこれで終わるようだ。それでも、アーロにはまだ聞きたいことが残っていた。

「月の石の話は？」と、アーロが促した。

「月の石!?」灯台守は、疲れた悲しい声で言った。「今日はこれで充分だろう」

灯台守は立ち上がり、アーロに手を差し出した。

「話の続きは想像できるだろう。ミラベレを乗せた船は、翌朝、出港したよ」

翼——南に向かって

太陽のように黄色く熟したレモンの実が地面に落ち、周りには朽ちた果物の匂いが漂っていた。島に冬が到来した。灯台守とアーロは冷たい風の吹き抜ける絶壁の上に立ち、砂漠の鷲が飛ぶ様子を見守っていた。翼の傷が治り、砂漠の鷲は長い距離を飛べるようになっていた。

「もう南の大陸まで飛ぶことができるでしょうか?」アーロが尋ねた。

「たぶん。しかし彼は、今年の冬は南へは行かないだろう」灯台守が答えた。

「なぜ行かないのですか?」アーロは驚いた。「僕が毎日鷲を飛ばす練習をしたのは、南へ行くためだったのでしょ」

鷲が飛ぶ様子を見ながら灯台守が言った。

「あの鷲が普通の砂漠の鷲でないことを知っているだろう」

「知っています。僕と彼の気持ちは互いに通じ合っています」

「君は彼の命を救った。だから、彼は必ず君にお礼をするはずだ。君は、彼に自分の力を授けることができた。同様に、彼も君に力を授けることができるのだ」

灯台守が意味ありげに告げた。

飛んでいた砂漠の鷲が二人の所に近づいてきた。アーロが腕を上げると、鷲がそこに降り立った。頭を優雅に持ち上げ、鷲は胸いっぱいにさわやかな空気を吸った。長い飛行の後にもかかわらず、疲れた様子はなく、息づかいも乱れていなかった。翼の傷跡には、まだ小さなかさぶたが残っていた。

「あなたの望みは何ですか？」砂漠の鷲がアーロにささやいた。

アーロは視線を北の空に向けた。キラキラとした海面が太陽の光の下で明るく輝いていた。大洋のはるか向こうに自分の家がある。父と母の顔がアーロの脳裏《のうり》に浮かんだ。

「家に帰りたいのですか？」

「うん。でも、まだもう少し後でいいんだ」と答え、アーロは南の方角へ視線を向けると大きく息を吸った。海面を渡る風が、南の大陸から甘い香りを運んできた。それはまさに、果物や珍しい香辛料《こうしんりょう》と砂漠の砂が入り混じったような香りだった。

家で見た鳥の本に載っていた砂漠の絵がアーロの頭をよぎった。今が砂漠へ行くチャンスだ！　目の前に広がる空と、ターコイズブルー（緑と青の中間色）の海が彼を誘惑していた。

「南の大陸に行ってみたい。砂漠を見てみたい」

アーロの望みを聞いた鷲は、「その旅の出発を、明日の朝、私が手伝います」と答えた。

「どうやって？」とアーロは思わず尋ねたが、これまでに何度も見た夢に答えがありそうな感じがした。

「渡り鳥のように飛べばよいのです。あなたが砂漠の鷲になるのです。私の体をあなたに差し上げます。でも、それが可能なのはこの冬の間だけです。お互いに元の体に戻るためには、次の春までにあなたはここに戻ってこなければなりません」

その日の夜、アーロは緊張と期待であまり眠ることができなかった。ワクワクしていた心が次第に不安な気持ちへ変わっていった。あの広い大洋を砂漠まで飛んでいけるだろうか……。間違うことなく南のほうに向かって飛び続けることができるのだろうか……と。

「君は僕と一緒に行かないの？」肘掛椅子《ひじかけ》に横たわっている鷲に、アーロは心細げに尋ねてみた。

「私の力は、海を越えるための一往復分しかありません。その力をあなたに授けたいのです。私の命を救ってくれたことへの、私からのお礼です」

「君は、僕がその旅を無事にやり通せると信じているのかい？」アーロが再び尋ねた。

「信じていなければ、あなたを旅に誘ったりしません」

初めて見たとき、砂漠の鷲が白く輝いていたことをアーロは思い出した。何か不思議なことが起こるかもしれないという予感が、そのときすでにあったのだ。嵐、遭難《そうなん》、鷲を救ったことのすべてが、このチャンスを導いているように思えた。大空を自由に飛び、進む方向も自分で決めることができる。今、この自由をアーロは失いたくなかった。自分を信じること、そして勇気を出すことを。

「どのような決断にも意義があるのです」と、砂漠の鷲が言った。この言葉はアーロの心を揺さぶった。深く息を吸うと、アーロはもう迷うことなく安らかな眠りに落ちていった。砂漠への飛行を決意したのだ。

＊＊＊

太陽が水平線に顔を出しはじめたが、夜の涼しさがまだ残っていた。彼らは灯台の麓《ふもと》に立ち、顔を海のほうへ向けていた。アーロの心臓が高鳴った。灯台守が首飾りをはずして言った。

「これを持っていきなさい」

「でも、ミラベレは？　彼女との思い出の品でしょう」アーロは受け取るのをためらった。

「たぶん、私はこれを長く持ちすぎたのかもしれない。私には、君くらいの年齢の息子がいても不思議ではないのだ。これからは、この飾りは君のものだ」

灯台守は首飾りをアーロにわたした。

「この月の石が、持ち主に幸運をもたらすと灯台守たちは信じてきた」

「あなたも信じているのですか？」

「幸運のことは分からないが、少なくとも、暗い夜はその光が君を導いてくれるだろう。そして君は、旅の途中でミラベレに会うかもしれない。これと同じ飾りを見れば彼女であることが分かる。私が今もこの島で彼女を待ち続けていることを、彼女に伝えて欲しい」

アーロは飾りを首に掛けると、「ありがとう」と灯台守を抱き締めて言った。

「忘れるな！　春までに戻らなければ、君と砂漠の鷲に不幸なことが起こる。冬が終わるとレモンの木に花が咲く。それが春を告げる最初の目印だ」

念を押すように灯台守が付け加えた。

「レモンの花が咲く前に帰ってきます」と約束して、アーロは岩の端へと進み出た。両手を横に広げたが、「どうしたら空から落ちないようにできるの？」と鷲のほうを振り向いて不安そうに言った。

「翼を大きく広げて、体から発せられる声に耳を傾けなさい」砂漠の鷲がためらうアーロを励ました。

砂漠の鷲は上空目掛けて飛び立つと、アーロのほうへと向きを変えて猛スピードで飛んできた。そして、アーロの体の中を一直線に突き抜けていった。

アーロは電気が走るような強いショックを体全体に感じたが、その後は柔らかい穏やかな気分になって、自分の体が羽のように軽くなっていくのを実感した。

翼に変わった自分の腕を動かしはじめると、体がふわりと空へ舞い上がった。足元から地面が消えていた。夢のときと同じように海原が眼下に広がったが、今度は夢ではなかった。

　アーロがうしろを振り向くと、砂漠の鷲が灯台守の肩に降り立つのが見えた。しかし、彼の姿はまもなく透き通って見えなくなってしまった。

「幸運な旅を祈るよ！」灯台守が叫んだ。

灯台守の挨拶《あいさつ》に答えようとして出したアーロの声は、「キィーキィー」という鷲の鳴き声であった。

「風と闘わないで、風に乗って飛びなさい」と言う灯台守の言葉が、アーロの耳に響いた。

すぐに島が遠ざかっていった。まるで昔から飛んでいたかのように、アーロは自然な形で楽に飛び続けた。北から南に向かって吹く風に乗って、速いスピードで飛ぶことも何なくできた。自分の翼の美しさにアーロは見惚れた。柔らかい羽毛が扇のように並び、風が翼の根元の白い羽を翻《ひるがえ》した。

重力を感じない飛行は何とも言えないほど素晴らしく、気持ちのよいものだった。体の中からあふれ出てくるこの喜びを、アーロは誰かと分かち合いたかった。

「お父さん、見て！　僕、今飛んでいるよ！」と叫んだが、その声は鷲の鳴き声でしかなかった。

眼下に広がる海では、波が速いスピードで流れていた。海水は透きとおっており、深いところまで見えた。海面下で、何か黒い雲のようなものが動いた。それを確かめようとアーロは高度を下げた。見ると、夥《おびただ》しい数の魚の群れだった。その群れが、渡り鳥のように同じ方向へ進む様子に見とれていた。群れが方向を変えるとき、すべての魚が一斉に方向を変えていた。

突然、群れが深いところへと潜った。アーロは、自分の翼の影が群れを脅かしたのだと気付いた。

太陽が空の中央に昇り、西へとカーブしはじめた。目の前に広がる穏やかな海が果てしなく続いていた。最初は静かな海がアーロの気持ちを落ち着かせていたが、飽きてくると、その静けさが彼の気持ちを圧迫しはじめた。波ひとつ立たない水面《みなも》を打ち破る、何かを見たくなった。魚、島、船……何でもよかった。

しばらくすると、濃い色をした三つの流線形のものが海面に見えてきた。しかしアーロは、今度は誰も驚かせたくなかったので高度を下げなかった。すると突然、その流線形のものが水面から飛び上がった。イルカだった。彼らはアーロを怖がるどころか、親しみのある目で口を大きく開いて微笑んだ。

イルカたちは、まるで遊ぶように水面を上下して嬉しそうな声を出した。「こっちへおいで！」と、アーロを誘っているようでもあった。しばらくの間イルカたちと並走して空を飛んでいたアーロだが、まだ長い旅が待っていることを思い出して、イルカたちに別れを告げることにした。

薄暗くなってきた。空にいくつかの星が現れたが、月は隠れていた。太陽が沈むとあたりはすぐに暗くなり、青色が抜け落ちたように暗い黒色の海が広がった。

飛ぶことに疲れたらあの黒い海に落ちることになると思い、アーロはゾクッと身震いをした。海の底に沈んでしまったら、誰も僕を見付けることができない！　冷たい風がアーロの体を吹き抜けた。すると突然、孤独感と寂寥感《せきりょうかん》に襲われた。いったいどうしてこんな馬鹿げた旅に出たのだろうと、アーロは自問しはじめた。

一日じゅう飛び続けたせいで翼が重かった。背中を伸ばして高度を上げようとしても、重い翼が暗くて恐ろしい海の底へ引きずり落としていくように感じられた。もうこれ以上飛ぶことができないと感じながらも、落ちないように必死で翼を動かした。

そのとき、雲に隠れていた月が急に現れ、彼の首に掛かった「月の石」に光が当たった。月の石のかすかな輝きが彼を包み込み、気持ちを落ち着かせてくれた。

深呼吸をすると、再び力があふれてくるのをアーロは感じた。灯台守と砂漠の鷲のことを思い出すとすべての迷いが消え去り、旅の目的である、砂漠の上で飛ぶ自らの姿が想像できるようになった。

「ありがとう灯台守！」アーロはつぶやいた。

はるか前方の南の空に、もっとも明るい星が輝いていた。その星、シリウスの方向へ向かって長い夜間飛行を続けた。

夜明けごろになると風が弱まり、スピードが落ちてきた。疲れた目で海面を見た。滑らかで穏やかな海が果てしなく広がっていた。ふと、その中に一隻の船を見つけた。

――しめた！　岸が近くにあるはずだ！

弾んだアーロの気持ちとは裏腹に、アーロの肩はかなり疲れていた。どこかで休まなければと考え、高度を下げつつ注意深く船に近づいた。

濃い色の木で造られた、底が浅く幅の広い船だった。船の横板には、文字のような飾り模様があった。そして、大きな白い帆が張られている。風の力で進んでいた。アーロの故郷の船とは形が違っていたが、それが漁船であることは分かった。船の中央部には、魚を入れておくための大きな鉄のバケツがいくつも並んでいた。

老いた男が船尾《せんび》のほうで網を海に下ろしていた。舳先《へさき》には少年が立ち、好奇心に満ちた目で鷲が近づいてくるのを眺めていた。少年はアーロと同じ年頃だった。黒い髪を風に揺らして、同じく黒い瞳で鷲を見守っていた。アーロはホッとした気分になり、船のマストに静かに降りた。

「やあ、鷲さん！」と、少年が微笑んだ。

丸二日間、アーロは独り旅を続けている。誰とも話していなかったので、この少年と話すことができればと期待した。もちろん、自分の父が漁師であることも彼に伝えたかった。少年がアーロの旅について興味をもつにちがいないと思い、これまでの冒険物語について話をしたかったのだ。

嵐のなかで自分のボートが遭難し、砂漠の鷲を助け、その翼をもらって何百キロメートルも海を渡ってここまでたどり着いたこと――不思議なことで信じられないと思うだろうが、実際にこうして自分に起こっていることなどを話したかった。

しかし、アーロが少年に話そうとしても、喉から出る音は「キィーキィー」という弱い鳴き声でしかなかった。

少年はデッキの上でマストを背にして座り、ポケットから小さな木製の笛を取り出して吹きはじめた。笛の音は柔らかく透きとおっていた。波の上を流れる美しくて悲しいメロディーに、アーロはうっとりと聴き入った。息が落ち着き、翼の緊張が解けると、体全体に疲れが広がって目を閉じた。

眩《まぶ》しい光がアーロを目覚めさせた。朝日が顔を暖めていた。ほんのしばらくの睡眠だったが、力が回復したことを感じた。目を大きく開いて視線を上げた。アーロの目の前に信じられない光景が広がっていた。

――やった！　ついに来た！

アーロは大洋を渡り、南の大陸に着いたのだ。岸には明るい色の町が広がっていた。アーロの鼻に魚の匂いが漂ってきた。空腹のあまりお腹が鳴ってしまった。少年の父であろう男が網を船に引き揚げていた。「手伝いなさい！」と父に命じられた少年が、ポケットに笛を突っ込んで声のするほうに行った。

二人は網から魚をはずし、船の中央に置かれたバケツに投げ入れた。色鮮やかな魚は美味《おい》しそうに見えた。

一匹くらいなら漁師も気にしないだろうと考えたアーロは、その獲物を捕まえるためにマストの上から飛び降りようと構えた。少年がアーロの動きに気付き、同意のサインをウィンクで返した。しかし、残念ながら父親の態度は違っていた。魚のほうへ向かおうとするアーロに大きな声が飛んできた。

「こら！　あっちへ行け」

茶色いものがアーロに向かって飛んできた。男のサンダルだった。

「俺たちの魚を盗んではダメだ！」男は叫ぶと、もう片方のサンダルを投げつけた。それを何とかかわしたアーロは、朝食抜きで飛び立つことにした。

港町は、傾斜のゆるい坂に沿って広がっていた。岸に沿ってきれいな列を組んだように家々が建ち並び、薄いパステルカラーの壁に派手なターコイズブルーとグリーンの窓枠が浮き立って見えた。岸辺の通りにあるコーヒーショップやレストランは、店の前にもテーブルを並べていた。港の横には小さなテーブルやたくさんの屋台が置かれた市場があり、テーブルの上には、さまざまな色をした珍しい果物が山のように積まれていた。

市場の反対側では漁師たちが昨夜捕れた魚を広げ、買い物籠を持った人々がブースの間をせわしなく往き来していた。市場の様子をもっと詳しく観察しようと、アーロは赤レンガの建物の屋根に降り立った。すべてが鮮やかで、賑《にぎ》やかな風景だった。

「もぎたてのアンズを一袋五ポンドでいかが？」と、一人の売り子が叫んだ。

「五ポンド！　とんでもない値段だ！」客があきれた顔で次の店へと移動した。

「ハチミツのように甘いマンゴーが一キロ六ポンドだよ」さらに大きな声が続いた。

アーロの空腹は耐え難いものになっていた。食べ物を何とかして見つけなければならない。美味《おい》しそうな果物が目に入った。一つでもいいから、何とか手に入れる方法はないだろうか。屋台の周りは人があふれているので、すぐに気付かれるだろう。果物やサンダルが飛んでくるのも避けたかった。

諦《あきら》めてアーロがそこを離れようとしたとき、建物の裏を走る細い通りに別の屋台があることに気付いた。裏通りは日陰になっていたので、そこで何が売られているのかはすぐには見えなかった。目が慣れるまでに時間がかかった。

テーブルの上に、きれいに飾られた鳥籠が数個置いてあった。その一つに、派手な色のカナリアが三羽入っていた。時々、一羽だけが鳴いていた。その鳴き声だけが静かな通りに響き、ほかの鳥たちは眠そうな目をして黙っていた。

テーブルの端に置かれた少し大きい鉄の鳥籠に、大きな鳥の姿が見えた。興味深く、注意しながらその鳥籠に近づいた。そこには、肩を落として頭をうなだれた鷲がいた。アーロに強い衝撃が走った。鷲の目が黒い布で覆われていたのだ。

背の高い痩せた男が、テーブルのうしろで壁に寄り掛かりながらタバコを吸っていた。顔が細長く、黒い髪を頭のうしろのほうに流している。裏通りで太陽の光が当たらないのに、男はサングラスをかけていた。ほとんど人が通らない裏通りに、どうしてこんな店があるのだろう。アーロが不思議がっていると、通りの角から太った男が現れ、屋台に近づいてきた。

その男は、細長くて立派に揃った口髭を生やし、皺《しわ》のない灰色のスーツを着ていた。ピカピカの黒い靴は磨いたばかりのようだった。壁に寄り掛かっていた痩せた男がタバコを地面に投げ捨てて、気味の悪いほどニコニコした顔で鳥籠の乗ったテーブルのほうへ歩み寄っていった。

「今日のおすすめは何かね？」太った男が尋ねた。

二人の声は小さく、アーロは彼らの会話の一部しか聞くことができなかった。

「大変なお買い得品ですよ」と、痩《や》せた男が目隠しをされた鷲の入っている籠を指さした。痩せた男は指を七本立てたが、太った男は首を横に振った。

「これ以下は無理ですぜ」と、痩せた男が言った。

二人は値段の駆け引きを続け、太った男が時々口髭をいじっては両手を上げ下げした。やっと話がついたらしく、太った男が胸のポケットから財布を取り出して痩せた男に札束をわたすと、鷲の入った籠を手にして裏通りから去っていった。

アーロは目まいを感じ、この町にこれ以上留まっても食べ物を見つけることはできないと思った。

街並みをはずれると明るいパステルカラーの家はなくなり、荒れた建物だけが並ぶ狭い通りが続いていた。通りの中央に石畳みの広場があり、そこに荒れ果てた教会が建っていた。

アーロはこの教会の塔に降り立った。そこからは広場全体が見わたせる。もう食事のことしか考えられなかった。ここなら、ネズミかほかの小動物を捕まえることができるかもしれない。道路の両側にはたくさんのゴミが捨てられているので、きっとネズミがいるだろう。

広場の周りの小さな動きに注意を払ったが、動くものといえば風に飛ばされる新聞の紙切れでしかなかった。広場の中央には古びた石の噴水があり、その石壁の横では二匹のネコが陽を浴びて寝ていた。まぶしい太陽の光とネコのせいで、ネズミたちも外に出てこられないのだろう。暗くならなければ獲物《えもの》を捕まえることができないと思い、アーロはがっかりした。

突然、「キス！　キス！」と何かを呼ぶ声がした。

ネコたちが耳をクルッと動かして、期待に満ちた視線を声のほうに向けた。広場の横に建つ小さい粗末な家から、ボサボサ白髪《しらが》の、古びた洋服を着た老人が布袋を手に現れた。片足を引きずりながら、彼はゆっくりと噴水のほうへと歩み寄った。

家々の間を走る狭い路地から、さまざまな姿のネコたちが老人のそばに集まってきた。老人は噴水の淵に座って、ネコたちに微笑んだ。茶色くなった前歯の一本が欠けていた。

ネコたちが食べ終わった後も、老人が持つ袋の中にはまだ餌が残っているようだった。毎日、こうして野良ネコたちに餌《えさ》を与えているぐらいだから、自分に対しても冷たい態度をとらないだろうとアーロは考えた。

ネコたちの食事が終わるのを辛抱強く待ち、その後、ゆっくりと噴水のほうへ近づいていった。アーロを見たネコたちが、警戒の鳴き声を上げながら散っていった。老人が目をこすってアーロを見た。

「おや、お前もお腹が空《す》いているのかい？」と、パンのひと固まりをアーロの前に投げた。アーロは、それをありがたく一口で食べた。

「心配ないよ。パンはまだある」

もう一つのパン切れを、今度は自分の足元に置いた。アーロが食べている間に、老人はじっくり見ようとアーロのほうへかがみ込んだ。

「飼い主の家を出てきたのかい？」と、首に掛かっている飾りを見て言った。

「最近、目が悪くなり、左目がほとんど見えないんだ」

老人は右目を飾りに近づけるために頭の向きを変え、考え込むような表情になって皺《しわ》のある顎《あご》に手を置いた。

「その飾りだが、いつだったか同じようなものを見たことがある」

何かを思い出したのか、さらに老人が小さくつぶやいたが、アーロにははっきりと聞き取ることができなかった。

パンを全部食べ終わると、アーロのお腹は充分に満たされた。老人に頭を下げて、飛び立つ準備をした。さらに先を目指して旅を続けたかったのだ。もっと南へ、もっといろいろなことを見たかった。そして、何よりもあの広い砂漠の大空を飛んでみたかった！

「セバスチャン！」老人が昔を思い出したように、急に明るい顔になって言った。

「それはセバスチャンがつくった首飾りだ！」

老人の枯れた声がアーロを追い掛けたが、アーロはすでに彼の声が届かない高さまで舞い上がっていた。

もっと広い空――砂漠での冒険

建物の数が次第に減っていき、港町がうしろのほうに小さく見えるだけとなった。アーロは、多くの果樹園が見える平野の上を飛んでいた。ブドウ畑のなかの一角に、石造りの大きな家があった。ブドウ畑から、華やかな明るい笑い声が聞こえてきた。アーロと同じく赤色の髪を三つ編みにした女の子が、ブドウの木の下で笑っていた。

女の子は、父親と一緒にブドウ狩りをしていた。父親はふざけてブドウの粒を上空に投げ、それを口で受けようとしているが、まだ一個も口の中には入っていなかった。父親が失敗するのを見て、女の子は笑いが止まらないといった様子だった。

二人のそばに置かれたバスケットには、摘まれたばかりのブドウが山のように積まれていた。陽射しを浴びて光るブドウを見て、アーロは唾《つば》を飲み込んだ。ブドウはアーロの大好物だった。警戒しながら、二人のそばに立つブドウの木に降りた。

「お父さん見て！　きれいな鳥よ！」女の子が大声で叫んだ。

「本当だ！」と言いながら父親は、アーロがブドウを見ていることに気付いた。

「ブドウが好きなようだ。あげてごらん」と父親が娘に言うのを聞いて、アーロは喜んだ。女の子がバスケットから熟したブドウの房《ふさ》を取り出して、アーロのほうへ手を伸ばした。彼女の腕にアーロは降り立った。

「鳥の足がくすぐったい！」と女の子が大喜びで叫び、また笑った。

こんなに美味《おい》しいブドウをアーロはこれまでに食べたことがなかった。と同時に、ここは冬を過ごすには最高の場所だと思った。家族は親切そうだし、女の子とも友だちになれるだろう。そのうえ、大好きなブドウをいくらでも食べれそうだ。

「本当に素敵な鳥ね」アーロが美味しそうに食べるのを微笑みながら見ていた女の子が、「お父さん、この鳥を飼ってもいい？」と瞳をキラキラとさせて尋ねた。

「飼うって？」父親が笑った。「その鳥はここに残りたいと思わないよ。きっと、まだ旅を続けなければならないだろうからね」

父親の言葉は正しかった。ここはまだ、アーロの目的地ではなかった。

豊かな平野を過ぎると、景色が山の風景に変わった。美しい斜面の一面にオリーブの木が植わっていた。あちこちに小さな白い石造りの家があったが、平野にあった農家に比べると質素なものに見えた。

太陽が空の中央から照りつけて、アーロの背中は燃えるように熱くなった。しばらくの間涼しい所で休もうと、オリーブの木陰の枝に降りた。セミの鳴き声に混じって、人の話し声と子どもたちの騒ぐ声が聞こえてきた。

山の村からある家族が下りてきた。先頭に男、そのうしろには二人の男の子が歩いている。三人がそろって長い木の棒を手にしていた。彼らのうしろには、背中に大きな布包みを背負った女性が続いていた。そのまたうしろを、彼女よりさらに遅れて小さな女の子が二人走りながらやって来た。

彼らはアーロが止まっている木の近くまで来ると、女性が運んできた布包みを地面に下ろして広げた。中からシーツのような大きな布を取り出して、男と男の子たちに一枚ずつわたした。

「あの木からはじめなさい」男が隣の木を指さしながら年上の男の子に命じた。そして、クシャクシャ髪の小さい男の子に向かって、「サムエル、低い所に枝が付いている木を探しなさい」と言った。

男はシーツをオリーブの木の下に敷き、木の枝を棒で叩きはじめた。熟した紫色の実がシーツの上にパラパラと落ちた。

「お父さんを手伝いなさい！」お母さんが鬼ごっこをしている女の子たちに命じた。

女の子たちはシーツの周りに落ちた実を拾ってシーツの中に投げ入れ、母親は下の枝から手で実をもぎ取ると、エプロンの大きなポケットに入れた。

アーロは枝の陰に隠れていたので、誰にも気付かれなかった。サムエルという小さな男の子がアーロのいる隣の木の下へやって来た。そして、視線を上げて、その木の枝に色の濃いオリーブの実がたくさん付いているのを確かめて満足そうに微笑んだ。

シーツを木の下に広げた男の子が、低い枝を棒で叩きはじめた。しかし、その枝からは二つの小さな実が落ちただけだった。背が低いため、棒の先端が枝に少ししか届かないからだ。

痩《や》せていて小さな彼には、父や兄のように強く叩くだけの力がなかった。サムエルはオリーブの実でいっぱいになった兄のシーツを羨《うらや》ましそうに眺め、一番低い枝を揺らしてみたが結果は同じだった。仕方なく、今度は体ごと枝にぶら下がって揺らしてみたが、太い枝はびくともしなかった。

そんなサムエルが可哀そうになったアーロは隠れることをやめ、サムエルがいる木の一番上の枝に移り、長い爪で枝を握ると力いっぱい翼を羽ばたかせた。枝が激しく揺れ動き、オリーブの実がシーツの上へ雨のようにパラパラと落ちた。びっくりしたサムエルは顔を上げ、白い鷲の姿をしたアーロを見た。

アーロは次の枝へ移り、サムエルがシーツをその下に移動させるのを待ったが、彼はただ目を丸くしてアーロを見つめるばかりだった。アーロは少し枝を動かして、数個のオリーブを落としてみせた。するとやっと分かったのか、サムエルはすぐにシーツをその枝の下に移動させた。アーロが再び枝を強く引っ張ると、シーツはオリーブの実でいっぱいになった。手を叩いて喜んだサムエルが叫んだ。父と兄がその声を聞いて、サムエルのほうを見た。

「どうしたんだ、サムエル?」

「見て、お父さん!」サムエルがアーロを指さした。父と兄がサムエルのほうへ棒を持ちながら走ってきた。アーロは用心して、もっとも高い枝に移った。

「珍しい砂漠の鷲だ」父親が驚いてアーロを見上げた。「どうしてあんなに白いのだろう?」

「あの鳥が実を落として、僕を手伝ってくれたんだよ」サムエルが手を広げ、オリーブでいっぱいになったシーツを見せた。

「白い砂漠の鷲は非常に珍しい。多くの人が欲しがる鳥だ。町では、高い値段で売れる」と父親が言った。クシャクシャ髪の下の額に眉を寄せたサムエルが尋ねた。

「どういう意味なの？」

「山の暮らしは楽じゃない。オリーブの収入だけでは食べていけない家もあるんだ」

父は小声になると、「だから、この村でも鷲の密猟をする者がいる。とくに、あのような珍しい鳥をね！」とアーロを見ながら言った。

アーロは危険を感じて逃げる準備をした。

「心配しなくてもいい。私はお前を捕まえるつもりはないから。しかし、狩りをする鳥として鷲を捕まえて市場で売りたがる者も多くいるんだよ」

そう言うと、父親は自分の棒をアーロのほうへ高く持ち上げた。

「サムエル、村人が見つける前にあの鷲がここを離れたほうがいいと思うだろ？」

父親は棒を上げてアーロを追い出した。「手伝ってくれてありがとう！」と、サムエルがアーロのうしろ姿に呼び掛けた。

景色が荒野になり、オリーブの木が椰子の木に変わった。南から暖かい風が吹き、砂漠はもうすぐそこだとアーロは思った。眼下には、埃《ほこり》だらけのクネクネとした道が椰子畑の間を縫って小さな村へと続いていた。

道はいくつかの白塗りの家々を囲む村の広場で終わった。ほかの家から少し離れた場所にある、小さな家がアーロの目に留まった。窓扉とドアが明るい緑色に塗られていた。ベランダの周りに花壇があり、その横の階段に黒髪の女の子が座っていた。彼女の髪は、花壇の花と同じ赤いリボンで団子状に結ばれていた。

女の子は憂《うれ》いを帯びた黒い大きな目で、鷲が飛んで来るのを見つめていた。この村は砂漠にもっとも近い最後のオアシスであり、女の子はそこで暮らしている最後の人間と思えた。この先、アーロの目の前に広がるのは果てしない白い平原だけだった。

夢の中で何度も見た目的地に、アーロはついに到着した！

岩と砂だらけの砂漠を下に見ながら、彼は翼を大空に思いっきり広げて飛んだ。ひび割れた地面があたり一面に広がり、その割れ目から細く枯れたような藁色《わらいろ》の植物が見えた。ここでは、きっと水が足りないのだろうとアーロは思った。

岩に降り立つと、周りの風景にアーロは感動していた。太陽が沈みはじめ、空気が涼しくなってきたが、地面にはまだ熱気が残っていた。夕陽の光のなかで、すべてが金色に輝いていた。

アーロは視線を上げて、はるか上空を仰いだ。空はかぎりなく広く、その下にいる自分があまりにも小さく思えた。その反面、これまで自分がもっていなかった逞《たくま》しさと強さを体の中に感じながら、砂漠の静けさに浸っていた。

ここにずっといるべきだ、とアーロは感じた。この気持ちが鷲の勘であるのか、それとも砂漠の魅惑によるものなのかは分からなかったが、とにかくここで、今自分に与えられた時間を精いっぱい過ごしたいと思った。

光が満ち、音のない静かな力にあふれた果てしない砂漠の上を飛ぶとき、アーロは自らの力の限界を感じなかった。しかし、陽が沈むと、砂漠はもう彼一人の世界ではなくなった。青い月の光の下で、ほかの生き物たちが活動をはじめていた。

大きな石の上で、アーロは次第に大きくなる「シューシュー」という音を聞いた。石の下から、太くて黒い毒ヘビが這い出てきた。毒ヘビが動きを止めると、土の色と区別できなくなった。それはアーロと同じ小動物を狙う競争相手でもあった。毒の入った舌を口から伸ばし、近くにいるどんなものも咬《か》む用意ができていた。

　アーロの鋭い目が、遠くを走る砂漠ネズミを捕らえた。静かに高度を下げたが、ネズミのほうが先に気付いて素早く巣穴へ潜ってしまった。

　動きのもっと遅い、普通のネズミを見つけなければならない。砂漠のネズミに比べると普通のネズミの感覚はそれほど鋭くないので、気付かれずに近寄ることができるはずだ。

　何か動くものを注意深く探しながらアーロは飛んだ。そして、ある石の横で小動物が走るのを見た。注意深く降りていったが、あいにくと石のうしろに隠れて

いたミーアキャットに気付かなかった。ミーアキャットもアーロと同じ獲物を狙っていたのだ。

ネズミが危険を感じて、うしろ足で立ちながら警戒して周りを見わたした。アーロがネズミを嘴《くちばし》でつかもうとしたそのとき、ミーアキャットも攻撃をしはじめた。顎《あご》まで伸びた長い牙を剝《む》き出すと、大きな唸り声を上げて、毛の間から長くて黒い爪を伸ばした前足でアーロの翼の外側をとらえた。アーロはそれを素早くかわしたが、翼から二枚の羽が抜け落ちた。しかし、その程度では飛ぶ妨げにはならなかった。

この夕食を絶対に逃すまいと、アーロは勇敢に戦った。ネズミがちょうどよい大きさだったので、嘴でしっかりくわえることができた。獲物と一緒に空へ舞い上がった鷲をにらみながら、獲物《えもの》を逃したミーアキャットは怒り狂って自分の指を舐めるしかなかった。

アーロは平らな岩の上で夕食を楽しんだ。この獲物は、かつて自分で捕えた魚と同じくらいに美味《おい》しかった。自分で捕まえた、初めての獲物に彼は誇りを感じた。

白い満月が、今まで見たこともない大きさで地平線に浮かんでいた。夜が深まると同時に、砂漠に静けさが戻ってきた。柔らかな、やさしい光に輝く月の石が彼を包んだ。ジャッカルたちの鳴き声も聞こえなくなり、アーロは満足感に満ちた眠りに落ちていった。

＊＊＊

孤独感がアーロに訪れた。それは、日が経つにつれて強くなってきた。砂漠の魅力と翼をもつ自由を楽しんでいるにもかかわらず、彼の心にはまだ少年の魂があった。友だち、そう、人間の友だちが彼は欲しかった。

アーロは、椰子の木のあるベランダで赤いリボンを頭に付けた少女を思い出した。彼女は自分と同じ年頃だろう。アーロが飛ぶ様子を見る目が寂しそうだったことも覚えていた。自分も遠い北の大陸で、渡り鳥たちが飛んでいく様子をよく岩の上から眺めていた。

「どのような決断にも意義がある」と言った砂漠の鷲の言葉を思い出した。

砂漠に着いたとき、目的地に到着したとアーロは思ったが、今はほかに何かがまだあると感じはじめていた。その何かが、あの少女と関係しているような予感がした。

砂漠に着いてからアーロは太陽の光で目覚めていたが、今朝は様子が違っていた。

さわやかな風が羽を揺らしていた。空に黒い雲が集まりはじめた。それらは、北の大陸の雨雲とよく似ていた。

砂漠で雨？　砂漠では常に太陽が照りつけていると思っていたが、その雨雲は速いスピードでアーロのほうへと動いてきた。雨宿りの場所を見つけなければならない。そのためにはどこへ行くべきか。頭の中で、その場所はすでにはっきりとしていた。

砂漠のヤギ——友情

ヤエは、窓から入ってくるさわやかな風で目を覚ました。白くて薄いパジャマのまま、雨の様子を見るためにベランダへ走った。空には灰色の重たい雲が立ちこめていた。ヤエが雲に目を向けたちょうどそのとき、雨が降りはじめた。

最初、雨粒は地面に埃《ほこり》を立てながら少しずつ落ちていたが、すぐに流れるような大雨になった。興奮したヤエは庭に下り、顔に雨を受けた。さわやかな空気を吸いながら、嬉しさのあまり踊ったり、濡れた髪を伝って落ちてくる水滴を笑いながら吹いたりしていた。

にわか雨が止み、視線を空に向けた。雲の間に、真っ白に輝く鷲をヤエは見つけた。鷲は雲の間を飛び回り、ヤエのほうに向かってくると、降りる場所を探すような目でヤエの周りを飛んだ。これまでに一度も、ヤエは猛禽類《もうきんるい》をこんなにも間近に見たことがなかった。しばらく迷ったが、思いきって腕を上げた。

「ここに来て！」

言葉を理解したように、鷲がヤエの腕に降りてきた。猛禽類《もうきんるい》の足がヤエの細い腕を丸ごと握り、長い爪がその足から伸びていたが、足の裏は柔らかだった。鷲の翼は真っ白で、胸を矢の形をした羽が飾っていた。

鷲の首にかかっていた飾りに気付いた。それは真珠色で、雲間からのぞく太陽の光を受け、時々、薄い銀色に反射した。これまでに見たことのない、美しい石だった。

ヤエが柔らかい灰色の目を見つめると、鷲もその目でヤエを見返した。鷲の口から柔らかい「キィー」という音が聞こえたが、鋭い嘴《くちばし》は動かなかった。鷲が微笑んでいると分かり、ヤエの赤い頬にも微笑みのえくぼが現れた。

＊＊＊

次の日も鷲が現れた。

「お母さん見て！　あの鷲が今ここにいるわ」ヤエはワクワクしながら叫んだ。

母親が布巾《ふきん》を手に持ちながらやって来た。

「本当に美しい鳥ね！」娘の腕に休んでいる新しい友だちを見て母親が言った。

「これは砂漠の鷲よ。狩りの鳥として訓練されていないかぎり、普通は人のそばに来ないの。訓練された鳥でも主人の言うことしか聞かないと言われているのに、いったいどうやってあなたの腕に来るようになったの?」母が驚いてヤエに尋ねた。

「この鷲は、私のことを分かっているみたい」ヤエはやさしく鷲の背中をなでた。

「雨期の風が、この鷲を私の所へ寄越してくれたんだわ」

「そのようね」母親が微笑んだ。「でも、その鷲は誰かが飼っているのかもしれないわ。首に飾りを下げているから」

「野生の鳥なのだから誰の持ち物でもないわ! 砂漠の鳥は砂漠のものよ。そうでしょう?」と、ヤエは再びアーロに向かって言った。

「お母さん見た? 鷲がうなずいたわ!」ヤエは興奮していた。

「見ましたよ。本当に、あなたの言っていることが分かるようね」

「おいで、砂漠を見に行きましょう!」ヤエはアーロに提案した。「昨日、雨がたくさん降ったわ。だから今日は、砂漠に花が咲きはじめているはずよ」

地面の割れ目にあった藁《わら》色《いろ》の植物が花に変わっていた。夜の間に咲いていたのだ。赤、白、黄色、紫の花の帯が、砂漠の上に美しい線を描いていた。

「見て! きれいでしょう」

感動しながらヤエがアーロに呼び掛けた。花は小さく素朴だったが、厳しい環境の中で上へ上へと伸びようとしていた。

「この花たちが咲くのは二、三日だけで、その後は枯れてしまうの」

ヤエは花の群れのなかを、軽い足どりで飛び跳ねながら往き来した。そして、花のそばに座り込み、顔を花のなかにうずめた。

「砂漠の花に香りがあることを知っている人は少ないの。花を摘《つ》んでしまうと香りはすぐに消えるの。香りを嗅ぎたいときは、このようにして地面の近くまでかがみ込まなければならないの」と、ヤエは説明した。「お父さんが教えてくれたのよ」

そう言うと、ヤエは突然悲しそうな顔になり、ぼんやりとしてほかのことを考えているような素振りを見せた。

アーロはもっとも美しいと思う紫の花を嘴《くちばし》で摘《つ》み取り、ヤエの髪に置いた。

「ありがとう」花を耳のうしろに飾り直して、ヤエは微笑んだ。

「あなたは普通の鷲ではないでしょう?」アーロの目を見ながらヤエが言った。

アーロがうなずいた。

「あなたを初めて見たときから分かっていたわ」と、ヤエは続けた。「北の国のほうから来たの?」

アーロはまたうなずいた。ヤエに、故郷のことや父母のこと、海と魚釣りのことなどを話したかった。家の近くにある大好きな岩の上から遠くに続く海を眺めながら、いつか南の大陸まで行きたいと願っていたことなどを。

「北の国はとても寒くて、雨が地面に落ちる前に凍ってしまうという話を聞いたことがあるわ。あなたは、大洋を越えて飛んできたの?」ヤエが再び尋ねた。

アーロはヤエに、月の石のことも話したかった。灯台守たちの、月の石についての物語を。月の石を嘴《くちばし》に乗せてヤエに見せた。

「その石は海から来たものなの?」ヤエが尋ねた。

アーロはうなずいた。ヤエがその石を指の間でなでた。

「滑《なめ》らかでとても美しいわ。波で磨かれたのでしょうね。この砂漠で風が岩を削るのと同じようにして」

飾りを手から離して、ヤエが深いため息をついた。

「私は、海というものを一度も見たことがないの。いつか、ぜひ見に行きたい」期待のこもった目でヤエが言った。「いつか、私を連れていって欲しいの。一緒に海へ」

翌朝早く、アーロはまた友だちに会うために飛んでいった。普段から早起きであるヤエは、今日も朝早くから起きていた。ベランダからアーロに手を振ると、アーロが彼女の肩に降り立った。

「いらっしゃい。あなたに美しい場所を見せてあげるわ」と、アーロに小さくささやいた。

二人は椰子《やし》畑を通り抜けて、砂漠の際まで行った。

「あそこよ！」二キロほど先の、地面から立ち上がったような高い山をヤエは指さした。紫から黄土色へと変化する地層の色が、山の斜面を美しい絵のように飾っていた。

二人は、砂漠を山のほうへ向かって移動しはじめた。

「お母さんは、私がここへ一人で来ることを好まないの。でも、今日は一人ではないわね」

ヤエはいたずらっぽい目で笑った。二つの岩の間にある峡谷《きょうこく》の入り口に着いた。太陽が峡谷の底まで届かないので、そこにはさわやかな涼しさがあった。

「こっちよ！　見せたい場所はすぐそこなの」

ヤエは狭い小道を走り、アーロが上を飛んでついていった。峡谷は、高い絶壁に囲まれた小さな広場で終わっていた。絶壁の割れ目から水が小川のように流れ、広場の中央で透きとおった泉になっていた。

「見て！　泉が雨でいっぱいになっている！」

泉の周りには植物が茂っていた。水際には葦《あし》、そのうしろの灌木《かんぼく》の茂みには薄い赤色の花が一面に咲いていた。その茂みから泉の上方に向かって岩を這うように弦《つる》が巻き付き、小さな白い花がその弦を飾っていた。その光景は、童話のなかで見るオアシスのようで、乾いた砂漠とは対照的なものだった。

「この場所を知っている人は少ないけど、私はお父さんと一緒によくここへ来たの」

泉のそばにかがみながらヤエが言った。

「どのくらい冷たい水か触ってみて。深い岩の中から湧き出ている水だから、飲むこともできるの」

ヤエが手で水を口に入れた。喉の渇《かわ》きを満たすと、ヤエは大きく息を吸って顔を洗った。アーロもヤエのそばに降り、乾いた喉に水をすすった。胸から体全体へとさわやかな涼しさが広がり、喜びに満ちた鳴き声が切り立った崖の上まで響いた。

「静かに！」ヤエが人差し指を自分の口の前に当てて、泉のそばの崖を指さした。それは、周りの岩の色に溶け込んでいたので簡単に見つけることができなかった。美しい姿のヤギが軽い足取りで険しい斜面を下りてきたが、ヤエとアーロに気付くと、警戒したのか止まったままとなった。

ヤエはアーロに、動かないように、と手で合図した。ヤギは少しためらったが、泉に近づいてきた。ヤエとアーロは身動きをせずに、ヤギが水を飲む姿を見守った。充分に水を飲み終えたヤギは、元の方角へとまた斜面を上っていった。

ヤエは泉の横の石に座って、「私の名前がなぜヤエだと思う？」とアーロに尋ねた。その答えを待たずに彼女は続けた。

「ヤエはヤギという意味なの。私が生まれる少し前、お父さんがここへ散歩に来たの。お父さんは野生のヤギが斜面を走るのを見て、生まれてくる子どもが女の子であると

知ったそうよ。あのヤギのように美しくて、素早く動く女の子が欲しかったみたい。だから、私にヤエと名付けたの」

サンダルを脱いだヤエは、足を泉に入れた。

「お父さんは岩登りが大好きだった。素早く上手《じょうず》に登ることができたので、毎日のように素手と素足でこのあたりの絶壁を登っていたわ」

アーロに向かってしゃべっていたのだが、その目線は自分の足元に向けられていた。

「出掛ける前には、いつも私に朝食をつくってくれていた。でも、その日の朝は私を起こさないで早く出掛けた。そして、出掛けたまま戻ってこなかったの」

沈黙が長く続いた。

「三日後、ベドウィン遊牧民(1)の男の子がお父さんの死体を洞穴の底から発見したの」

ヤエの声が震えていた。アーロは寒けを感じた。

「ここの山々には、ドーム型の洞窟がたくさんあるの。それらの天井には小さな穴が

(1) アラビア半島を中心に中近東・北アフリカの砂漠や半砂漠に住むアラブ系遊牧民。ラクダを中心として、ヒツジやヤギを飼育している。

あって、上を歩くときはそれに落ちないように気を付けなければならないの」

ヤエは泣きそうになるのをこらえて言葉を続けた。

「私は遺体を見に行くことが許されなかったわ。お父さんに『さようなら』を言うことさえできなかったの」ヤエの声に深い悲しみが滲《にじ》んでいた。

友だちを慰めるためにアーロは何かを言いたかったのだが、喉から出てくる言葉は「キィーキィー」という弱い音だけだった。隣に置かれたヤエの手にアーロは自分の頬を押し当てた。悲しそうに微笑むとヤエは、「もう家に帰りましょう」とサンダルを履き直して言った。

「お母さんが心配する前に戻らなければ……」

＊＊＊

椰子《やし》に花が咲いていた。風に頼る受粉《じゅふん》だけでは充分でないため、人の手で受粉をしなければならなかった。ヤエの母がすべての雄木から大きな雄花を集め、ヤエがそれを干すために太陽の下に広げて並べた。

「花が乾いたら花粉を瓶詰めにするの。ローサおばさんが手伝いに来ると約束してくれたわ」母がヤエに報告した。

「よかった！　あなたもお祖母さんに会うことができるわね。きっとあなたも彼女が好きになるわ」ヤエがアーロに向かって言った。「私の本当のお祖母さんではないけれど、私にはお祖母さんのような人だから、『お祖母さん』と呼んでいるの」

ローサおばさんは灰色の髪を花模様のスカーフで覆い、太った腰には格子模様のエプロンを掛けていた。ヤエが自分の腕に留まっている友だちを紹介しているとき、ローサおばさんはじっとアーロの目を見つめていた。

「私の言うことをよく理解できるの」ヤエは誇らしげに言った。

「そうだろうね」ローサおばさんはうなずきながらヤエに尋ねた。「それで、彼の名前は何というんだね？」

「私は『砂漠の鷲』とだけ呼んでいるわ」ヤエが肩をすくめて答えた。

「名前が必要だよ、人間と同じようにね」

ローサおばさんは微笑みながら、アーロを見て言った。アーロは驚いた。まるで体の中まで見透かされたような気がした。

「僕の名前はアーロです！」と、彼は叫びたかった。

「それなら、彼の名前を考えなければならないわね」

ヤエが頭を傾《かし》げながら考えはじめた。そのとき、突然、アーロにある閃きが浮かんだ。彼は急いで地面に降り、嘴《くちばし》で自分の名前を砂地に書きはじめた。ヤエとローサおばさんはびっくりして、アーロの動きを追った。

「あなたは書くこともできるの⁉」

ヤエは興奮のあまり飛び上がって叫んだ。そして、埃《ほこり》だらけの地面から文字を読もうとした。「アー、アーア、ロン」と読んでみたが、アーロは首を振った。ヤエは必死になって注意深く読んでみた。

「アー、アーロ？」今度はアーロがうなずいた。「あなたはアーロなのね」と、ヤエがゆっくりと繰り返した。

「どうやらこの問題は解決したようだね。彼の名前はアーロだ」とローサおばさんは言うと、椰子《やし》の花が置かれたテーブルのほうへ移動した。

おばさんはよく切れるナイフで花を開き、すべての花粉を大きなバケツに集め、そこからガラス瓶に移した。彼女らの作業をテーブルの端で見ていたアーロは、細かい黄色の花粉が鼻に入ってくしゃみをしてしまった。

「おやおや、お前がいた所では椰子が育たなかったようだね」

顔の皺《しわ》に隠れた細い線のような目で、ローサおばさんが大きく笑った。数個の瓶がテーブルの上にきれいに並べられ、ようやく仕事が終わった。

「これで、明日は受粉《じゅふん》に取りかかれるね！」ローサおばさんが満足そうに言った。


ヤエと母親、そしてローサおばさんが椰子の木の受粉作業をはじめていた。ヤエは枝の上方まで届くようにと、背の高い梯子《はしご》を使っていた。次の木へ梯子を移動させようとして、じゃまになっていた大きな石を動かそうと脚を広げた。一方アーロは、隣の木の上からヤエの動きを見守っていた。突然、石の下に潜む危険に気付いた。

アーロは大声で叫びながら、その木の下に飛び込んだ。黒いサソリが尻尾をもたげて、ヤエの裸の足を刺そうとするところだった。鋭い爪で素早くサソリをつかんで投げようとしたその瞬間、アーロの足に強い痛みが走った。翼が動かなくなり、地面に倒れ込んだ。サソリは二メートルほど離れた所に投げ出され、ヤエの手から石が音を立てて地面に落とされた。

「刺されたの？」恐怖にかられた青い顔で、ヤエがアーロのそばにかがみ込んだ。

アーロは全身を痙攣《けいれん》させながら呻《うめ》いた。ヤエはアーロを抱き上げ、サソリから離れた所に移動した。サソリは今も逃げる場所を探しながら周りをウロウロしていた。近くでサソリを見てヤエが叫んだ。「黒サソリだわ!」ヤエはホッとした。

「黒サソリには毒がないわ。毒があるのは黄色のサソリよ。黒サソリに刺されたら痛いけど、死ぬほどの危険はないはずよ」と、慰めながらアーロに説明した。

しかし、アーロが苦痛に悶《もだ》えながら全身を震わせている姿を見て、ヤエにはそれが本当に黒だったのか黄色だったのかが分からなくなってしまった。逆だったのだろうか? どっちが有毒だったのかも分からない。ヤエは頭が混乱して泣き出してしまった。足が燃え、針で突き刺されるような痛みが足から全身に広がっていくのをアーロは感じていた。母親もローサおばさんも、周りにいなかった。

「お母さん! ローサお祖母さん! 助けて!」ヤエの叫びが必死の泣き声に変わった。

「死なないで!」泣きながら、ヤエはアーロを強く抱きしめた。痛みはますます強くなり、アーロは次第に目まいを覚えるようになった。目の前のすべてが回っていた。椰子《やし》の木、埃《ほこり》だらけの地面、ヤエの泣いている真っ青な顔。

「どうしたの？」ヤエの母親の声が遠くから聞こえてきた。

「アーロがサソリに刺されたの！」ヤエはやっと答えることができた。

「何色だったの？」ローサおばさんの声が聞こえた。

「黒。真っ黒だったわ」

「それなら大丈夫。毒は死ぬほど強くないわ」ヤエの母親が二人を抱きしめながら言った。

アーロは「大丈夫」と言う自分の母の柔らかい声を遠くに聞いて、意識を失った。

大丈夫――彼が五歳のときだった。アーロが蜂を踏んで足の裏を刺された。母が抱きしめながら、「痛みはそのうちになくなるわ。しばらくの間の痛みだから大丈夫」と言って慰めてくれた。今度も、前と同じように足の痛みが消えていくことをアーロは願った。

＊＊＊

目を覚ましたとき、アーロは台所にいた。ヤエはアーロを膝の上に乗せ、母親が氷の入った袋を彼の足に当てていた。痛みはいくらか治まっていた。ローサおばさんがアーロの額《ひたい》に手を当てて言った。

「少し熱いね。黒サソリの毒で痛みと熱が出るけど、二日もすれば元気になるよ」

「アーロが治るまで私が看護します！」ヤエがきっぱりと言った。ヤエの目はまだ赤かったが、口には微笑みが戻っていた。母親が新しい氷袋をヤエにわたして言った。

「まだしばらくは、これを足の上に乗せておいてね。それで痛みが軽くなるから」

夜、ヤエはアーロを自分の部屋に運んだ。アーロの足が腫《は》れ、まだ自分で立つことができなかったからだ。ヤエは自分のベッドの横に掛け布団を畳み、そこに柔らかい枕を置いた。

「これがあなたのベッドよ。夜の間じゅう、私がそばにいるからね」

アーロを枕の上に下ろしたヤエが、彼の頭をなでながら、その柔らかい唇をアーロの頬に押し当ててやさしくささやいた。「私を守ってくれてありがとう」

息苦しい夜になった。アーロの体は交互にやって来る熱さと寒さで激しく震えた。刺された所の絶え間ない痛みが和らいだかと思うと、次は足全体の感覚がなくなった。ようやく眠りに落ちると、サソリが夢の中に現れた。翼が折れ、動くことのできない自分が埃《ほこり》だらけの地面に横たわっていた。砂の上をサラサラという音を立てながら這い寄って来る黄色サソリたちが、八方から針を持ち上げた。大きな、ねじれた針が目の前に迫った。アーロは「助けて！」と叫ぶが、声にならなかった。

ぐっしょりと濡れた冷汗で、アーロは目を覚ました。窓から差し込む月の光が、彼の首にぶら下がっている月の石を照らした。反射する淡白い光に包まれ、部屋に和らいだ空気が漂った。隣のベッドで眠るヤエの穏やかな柔らかい呼吸を聞いているうちに、アーロは再び静かな眠りに落ちていった。

ローサおばさんの言葉は正しかった。腫《は》れは二日間でなくなり、回復したアーロは再び砂漠の上空へと舞い上がることができた。

＊＊＊

冬が砂漠に待望の雨をもたらし、果樹園の貯水タンクもいっぱいに満たされた。しかし、春が近づくにつれて雨の日が次第に少なくなった。今日は一年に五〇日ほどある「ハムシン」(2)という砂風の最初の日だった。砂漠から暑い風が吹くたびに、霞状《かすみじょう》の砂雲も運ばれてきた。

ヤエは母の手伝いで椰子《やし》の実取りの仕事をしていた。実が育ちはじめたので、房に付いた一〇個の実から大きく育てる一個だけを残し、残りの九個の実をもぎ取るという作業をするのだ。

二人は砂から身を守るために、口に白い布切れを巻いて椰子から椰子へと移動した。太陽がもっとも高く昇ったころ、休憩のために二人は木陰に座った。飲み水はぬるくなっていたが、彼女たちの喉はひどく乾いていたので、そんなことは少しも気にならなかった。母が弁当袋から二つのピタパン(3)を取り出し、一つをヤエにわたした。

さらに母親は、すっぱいヨーグルトペーストとオリーブの実を入れたボウルを二人の間に置いた。ピタパンをちぎって、ヨーグルトペーストに浸しながら二人で食べた。ヤエは自分のパンを半分ほど食べると、残りを上に持ち上げて振りながら「お腹空いた?」とアーロに尋ねた。

アーロは頭を振った。暖かい太陽の下で、心地よい居眠りを続けたかったからだ。ヤエは肩をすくめて、パンを満足そうに全部食べた。弁当箱の周りにはハエがブンブンと飛んでいた。

「乾期がもうすぐはじまるわね」母親が額の汗を拭いて言った。

「それで？」と、母の次の言葉を予感しながらヤエが答えた。

「鳥たちは、暑い砂漠で乾期を乗り越えることはできないわ」

ヤエは自分の膝に手を巻き付けるしぐさで提案した。

「私がアーロの世話をします。水も餌《えさ》も与えるわ。だから、出ていく必要はないわ」

「砂漠の鷲は渡り鳥よ。夏は北へ向かうの。彼も、その本能に従うはずよ」

「違うわ！」母親の言葉にヤエが思わず反発した。そして、「彼は私を捨てないわ！」ときっぱりと答えると、母親に背を向けた。

母親はしばらく待って、ヤエの背中をやさしくなでた。

「ヤエ、あなたの友だちがここに残って欲しい気持ちはよく分かるわ。でも、私たちにはどうしようもないこともあるのよ。それを分かってもらいたいの」

もちろん、ヤエもそのことは充分理解していた。彼女は頰を伝う涙を拭き、アーロに視線を向けて言った。

（2）北アフリカやアラビア半島で吹く、砂塵嵐を伴った乾燥した高温風のこと。カムシンとも呼ばれる。
（3）直径二〇センチぐらいの平たい円形のパン。地中海沿岸、中東、北アフリカなどでよく食べられている。

「さようならを言わずに出発しないって約束して！」
「明日は私の誕生日よ。夜、そのためのパーティーを開くの。近所の人たちを招待しているから、あなたもぜひ参加して欲しいわ」ヤエは元気を取り戻していた。

アーロは、この砂漠で一四歳になったことを突然思い出した。誕生日に家にいなかったのは初めてだった。お父さんとお母さんは、自分の誕生日に何をしたのだろうか。その日、二人が台所のテーブルの前に座っている様子が想像できた。テーブルの中央には母のつくったケーキが置かれ、アーロの席も用意されていたが、そこは空席のままだった。アーロの心は痛んだ。父と母が、自分のことを心配しているにちがいなかった。

一日じゅう、ヤエの母は台所で料理をつくり、パーティーの準備をしていた。一方ヤエは、ベランダでテーブルをセットし、椅子を並べていた。
「この席がローサお祖母さん。ここに、隣の家のご夫婦と彼らの二人の息子たち。兄のほうがノアム、私より二つ年上で無口な男の子。弟はロニ、よくしゃべる男の子よ」ヤエが笑ってアーロに説明した。「そして、ここがあなたの席よ」

ヤエは、アーロにも席と食器を用意した。

テーブルの準備が終わると、彼女は小さな箱を持ち出した。中からライトを取り出すと、それをテーブルやベランダの床のあちこちに立てた。夕暮れにあわせて、それらのライトがお祝いのムードを演出することになっている。

「これで準備OKよ。後は、お客様を待つだけ！」ヤエが嬉しそうに手を叩いた。

母親が、ドアの柱に寄り掛かりながらそんな娘の様子を満足そうに眺めていた。ヤエは父親が亡くなる前と同じくらい明るい女の子に戻っていた。それが砂漠の鷲のおかげだということが母親には分かっていた。


ノアムは背の高い痩せた男の子だった。黒くてなめらかな髪が常に目に被さるほどに顔を覆っていた。ヤエが近づいて彼に挨拶《あいさつ》をしても、ポケットに手を突っ込んだままイライラしたように突っ立っていた。わずかな微笑みを浮かべて口の中で何かつぶやいたが、ノアムはすぐに視線をそらした。アーロは、ノアムが本当に恥ずかしがり屋なのか、それともヤエに気があるのかと推測してみたが、そのことがアーロ自身の不安な気持ちを掻き立てることになった。

「どうやって訓練させたの？」弟のロニが、椅子の背に止まっているアーロを見ながら興味津々に質問した。

「訓練なんかしていないわ。アーロはとても賢い鳥なの。私の言うこともみんな分かるのよ」

アーロとの友情を誇らしげに告げたヤエの言葉を、アーロは嬉しく聞いていた。

ヤエの母親が、カラフルな果物で飾った大きなケーキをベランダに運んで来た。ケーキには一三本のロウソクが灯されていた。ゲストたちが、周りの椰子《やし》園にまで響きそうな声で誕生日の歌を陽気に歌った。

「ローソクを消す前にお願い事をしてね」と、母親が提案した。ヤエは微笑みながら、しばらくの間目を閉じた。そして、長いひと息でロウソクの火を吹き消した。

「そろそろプレゼントの時間だよ」と、ローサおばさんがきれいに飾れた金属の箱をヤエに手わたした。その中には、さまざまな色の糸玉と飾りをつくるための道具が入っていた。

「お前に、ブレスレットづくりを教えた日のことを覚えている？　あのとき、自分でつくったブレスレットをお母さんにプレゼントしただろ。とても上手《じょうず》にできていたので、これからももっとたくさんつくるといいよ。市場で売ればお小遣いも少しは稼げるしね」

ヤエの手をなでながらローサおばさんが言った。ヤエはおばさんの皺《しわ》の寄った頬にキスをして、心を込めてお礼を言った。

ずっと黙って座っていたノアムが咳払いをしてようやく「おめでとう！」と言い、花模様の紙に包んだプレゼントをヤエにわたした。サラサラと音を立てながら包みを開くと、中からキラキラと光る銀の縫い目のあるスパンコールの赤いスカーフが出てきた。

「わあ、きれいな色！」とヤエが叫んだ。

「僕が選んだんだ。君に似合うと思ったから」ノアムはそう言うと、また視線を落とした。これは、ヤエがここしばらくの間に聞いたノアムが発したもっとも長い台詞だった。ヤエは立ち上がり、「本当にありがとう！」と言ってノアムを抱きしめた。

ノアムは自分の手をヤエに回し、何か曖昧《あいまい》な言葉をつぶやいた。ヤエが自分の席に戻るとき、ノアムの顔が赤くなっていることにアーロは気付いた。アーロの心に嫉妬《しっと》心《しん》がメラメラと湧いた。自分もヤエにお祝いの言葉やプレゼントをわたし、ヤエを抱きしめたかった。

「おめでとう、愛しいヤエ！」母親がヤエの額にキスをした。

「もうあなたは大きくなったので、プレゼントは自分で選びたいだろうと思ったの。明日は隣町で伝統的な祭りがあるので、一緒に行きましょう。そこで、あなたの気にいるものを見付けるといいわ」

母親は二ポンドの硬貨をヤエの手の中に入れた。

「お母さん、ありがとう！」コインを握り締めながら、ヤエは自分とアーロのために何を買おうかと考えた。

ゲストを見送るために、みんながベランダから庭へ下りた。ヤエの肩にはアーロが止まっていた。ロニがそれを見て「僕も持ってみてもいい？」と、ワクワクした目でヤエに頼んだ。

「じゃあ、腕をこんなふうに持ち上げて」ヤエがロニの腕を横に持ち上げた。「あなたの腕に来てくれるか試してみましょう」

ロニの期待に弾む顔を見て、アーロは彼の腕に止まることにした。

「わぁ、くすぐったい！」ロニがうっとりした笑顔でアーロを見た。

ノアムが弟の隣に来て、自分の腕をアーロの嘴《くちばし》の前に突き出して言った。

「僕にもやらせて」

アーロはノアムの内気な微笑みが好きになれなかったので、彼の痩《や》せた腕に乗るのをやめた。ヤエは肩をすくめ、申し訳なさそうにノアムの顔を見て言った。

「もう疲れているのかもしれないわ」


パーティーが終わってもまだ暖かかったので、ベランダの星空の下で寝ることを母が許してくれた。ヤエは白い寝巻のまま、マットレスの上に横になった。アーロは彼女のそばで、手摺《てす》りの上に止まった。

「ロウソクを消すとき、私が何をお願いしたか分かる？」ヤエがそう聞くと、アーロは首を振った。

「本当は誰にもしゃべってはいけないんだけど、あなたには言ってもいいと思うわ。いつか、あなたと一緒に海へ旅することができるようにとお願いしたの」

ヤエの望みがノアムではなく自分だったことを知って、アーロは安心した。

「明日、私と一緒に春のお祭りに行ってくれる?」ヤエが尋ねた。

アーロは大きく頷いた。

「昔、春祭りは一年の最初の収穫を祝うものだったんだけど、最近は職人がつくった細工の品や飾り物、そのほかにもさまざまなものが売られているの」

ヤエは薄いシーツを体の上に引いて、星空を眺めた。

「私が小さいとき、お父さんが初めて祭りに連れていってくれたの。そのとき、私には市場がとても広い所に思えた。でも、実際にはそんなに広い場所ではないわ」

アーロは、父が初めて魚釣りに連れていってくれた日のことを思い出した。そのとき、ヤエと同じように、父の釣り船が非常に大きく感じられた。

ヤエが眠りに落ちた。ハムシンが過ぎた雲のない空に星が輝き、椰子《やし》園のほうからセミの鳴き声が小さく聞こえてきた。二人は柔らかい青色の夜に包まれていた。

突然、アーロにホームシックの波が押し寄せてきた。魚の臭いがする手を自分の肩に置きながら星座の説明をしてくれた父の声が耳元に聞こえ、母の微笑みが夜空に浮かんだ。家に戻り、二階の自分の部屋でベッドに丸くなって静かに眠りたいという思いが募った。

春が近づけば、レモンの島への旅をはじめなければならない。明日はヤエと一緒に祭りに行くが、次の朝には愛する友だちに「さようなら」を言わなければならない。

＊＊＊

祭りの広場にはカラフルなシーツが敷かれ、その上に品物を並べた売り子たちが座っていた。大きな布製の袋には、ピスタチオナッツや干した果物、カラフルな香辛料などがいっぱいに詰められている。あちこちに、刺繍《ししゅう》が施《ほどこ》されたスカーフや布を周りに広げて売る女性たちがいた。ヤギやラクダが交換され、ミントやスパイスの香りがあたり一面に漂っていた。

広場の端に張られたベドウィン遊牧民のテントの前でヤエが足を止めた。光り輝く装飾品が、地面に敷かれた黒いベルベット布の上に並べられていた。顔に青い入れ墨のあるベドウィン老女が店番をしていた。彼女の着た赤と黒の放牧民の服の裾《すそ》が、地面の埃《ほこり》で灰色に染まっていた。ヤエと彼女の肩に止まっている鷲をちらりと見て、老女が言った。「あなたにはこれが必要です」

そして、並んだ装飾品のなかから銀の足飾りを持ち上げてヤエに見せた。その手にも、青い渦巻き模様の入れ墨が入っていた。老女が持ち上げた足飾りの細いチェーンには、小さな鈴とハムサ[4]のお守りがぶら下がっていた。ハムサは手のひらの形をしていて、そのなかに大きな目玉が描かれていた。

「鈴の音で友だちが遠くからあなたの居場所を知ることができ、ハムサが邪悪の目から彼を守ってくれます」

ヤエはその美しい足飾りが気に入り、買いたいと思った。スカートのポケットに手を入れて、コインを握り締めながら「いくらですか？」と尋ねた。

「五ポンドだよ」

「そんなに持っていません」とヤエはがっかりして、握ったコインをポケットの中で離した。

「では、あなたの鷲の首にある飾りと交換したらいかが？」老女がアーロの首を指しながら言った。

「それはできません」ヤエが頭を振った。「この飾りは私のものではなく、彼のものなのです」

テントの奥には、水キセルを静かに吸うベドウィン老人がいた。彼が老女に何かを叫んで手招きをした。

「あなたに、中に入るように言っています」老女がヤエに伝えた。

テントの床にはカラフルな絨毯《じゅうたん》が敷かれていた。中央には大きな円形の銀の盆が置かれ、その上には装飾された真鍮《しんちゅう》の紅茶ポットが乗っていた。ベドウィン老人は盆の横にあぐらをかいて座っていた。頭にゆるく巻いたターバンの端が、額から肩までぶら下がっていた。

ヤエがテントに入ると、老人はくわえていた水キセルを横に置いた。そして、深い皺《しわ》に隠れた小さな目でアーロの月の石を眺めた。

「その飾りは交換しないほうがよい。それは月の石の半分だ。一度だけ、同じようなものを見たことがある」

老人はヤエに盆の反対側の席をすすめた。

---

(4) 主に中東で使われる、邪視から身を守るための護符のこと。イスラム社会ではファーティマの手あるいはファーティマの目としても知られ、中東のユダヤ教徒社会（ミズラヒムなど）では「ミリアムの手」あるいは「アイン・ハー＝ラーア」（悪い目、邪視）として知られる手の形をしたシンボルのことである。またトルコにも、青い目玉の形をした「ナザール・ボンジュウ」というお守りがある。

「ミント紅茶を一杯飲みながら私の相手をしてくだされば、ある話をあなたにしてあげよう」

老人は親切そうに微笑んでいたが、彼の視線がアーロの首飾りに釘付けになっていたので、ヤエは不安な気持ちになった。

「私は行かなければなりません。お母さんが待っていますから」と、ヤエはためらった。

しかし、アーロは老人の話を聞きたかった。もしかすると、この老人はミラベレについて何か知っているのかもしれないと思ったのだ。アーロがヤエの肩をぐいと引っ張った。

「聞きたいの？」ヤエの問いにアーロがうなずいた。ヤエの不安は、砂漠の鷲の直感を信じることで消え去った。

「ありがとう。ぜひ、お話を聞かせてください」ヤエは老人に向かって答えた。

「ステラマリス（*Stella Maris*）号という船のことだ」

老人は話しはじめると、彼らの前に小さなガラスのコップを並べてそれに紅茶を注いだ。

「それは大きな貨物船で、大洋を港から港へと航海していた。遠い昔、それを港町で見たのだ」

老人が言葉を選びながらとてもゆっくりとしゃべるので、もっと早く話して欲しいとアーロの心がはやった。

＊＊＊

「彼女の人生は呪われていた。彼女は、自分が何を望んでいるのかが分からなかった。その呪いは、人の心を引き裂くほどのものだった」

老人はミント紅茶をちびちびと飲みながら、長い沈黙に入った。ヤエは紅茶を飲んで話の続きをじっと待ったが、とうとう耐えきれなくなって口を開いた。

「誰のことですか？」

「船長だ。若くて美しい女性だった。彼女の首にも、それと同じ飾りがあった」

「これとまったく同じものですか？」ヤエが念を押した。

「そうだ」老人は頭を振って続けた。「わしは飾り物を売る商人で、これまでいろいろな飾り物を見てきたが、あのような首飾りは初めてだった。彼女はそれが大洋の真ん中の小さな島のものだと言って、わしには売ってくれなかった」

「これが、その女船長の飾りと同じなのですね？」

ヤエがアーロの首飾りを手に乗せ、探るような目で老人に念を押した。アーロは、できることなら灯台守がレモンの島でミラベレをずっと待ち続けていることを告げたかったが、相変わらず頭を振ることしかできなかった。

「その飾りには、きっと同じものが二つある。半分ずつを合わせると一つの石になるにちがいない」ベドウィン老人が確信するようにうなずいた。

「大洋の真ん中の小さな島？　そこからこの飾りを持ってきたの？」

ヤエがアーロに返事を求めた。アーロが大きくうなずいた。月の石を指の間に挟んで動かしながら、ヤエはこの石にまつわる悲しくロマンチックな恋物語を勝手に想像してみた。

――互いを見失った二人の恋人が、半分ずつになった月の石で結ばれている。女船長が恋人を探して世界の海を航海し、そして彼女の恋人が、世界の果てから彼女を探し出すために砂漠の鷲を放ったと！

「この飾りが誰のものなのか、あなたに言うことができればね……」

アーロの頭をなでながらヤエがため息をついたが、アーロは静かに座るよりほかに術《すべ》がなかった。アーロはいまだに灯台守の名前すら知らないのだ。ミント紅茶を飲み終えたヤエは少し元気になって、老人に対してお礼の挨拶《あいさつ》をていねいにした。

ベドウィン老人がヤエに向かって言った。

「砂漠の鷲は非常に珍しい鳥だ。あちこちをうろつく密猟者《みつりょうしゃ》たちに気を付けなさい。鷲を捕らえ、意志がなくなるまで鷲の目を覆いながら籠の中で飼い慣らす。鷲の意志が強ければ強いほど、長い時間、籠の暗闇の中で過ごすことになる」

老人はヤエたちをテントの入り口まで見送った。外では、足飾りを手に持った老女がまだ座っていた。老人が頭を振って合図をすると、彼女はその足飾りをヤエの手にわたした。

「あなたたちへのプレゼントです。一つのハムサがあなたを守り、もう一つが鷲を守ります。いつも持ち歩きなさい」

ヤエは飾りを胸に当て、お礼のおじぎをした。その飾りをどのように使うべきか、ヤエにはすでに分かっていた。

同じころ、二人の男がベドウィン遊牧民のテント脇に現れた。彼らの濃い色の服は埃《ほこり》まみれだった。頭に被っている布が顔全体を覆い、その隙間からのぞく目だけが怪しげに光っていた。

彼らはラクダを引いていたが、その背中には売るものはなく、また買う様子もなかった。そして、アーロを肩にしたヤエが広場から歩き去っていく姿を、じっと見守っていた。

密猟者《みつりょうしゃ》たち——囚われの身で

祭りから戻ると、ヤエはすぐに自分の部屋へと走った。ローサおばさんからもらった金属の飾り箱をベッドの下から取り出し、アーロが好きそうな砂漠の土の色と空の青色の糸を選び出した。そして、ベドウィン老女からもらった足飾りをテーブルに乗せると、箱からピンセットを取り出し、飾りのホルダーを外して二つの鈴と一つのハムサをていねいに外した。

ヤエはアーロへのプレゼントとして、密猟者の邪悪な目から守るための魔よけをつくりはじめた。糸を編むのは思ったほど簡単ではなかった。糸がもつれ、それをほどくのに根気がいった。それに、途中でデコボコができると、最初からやり直さなければならなかった。

アーロに残された時間は少ない。それでも、美しくて滑らかな飾りをヤエはつくりたかった。春はもうそこまで来ている。明日にもアーロは出発するかもしれない。一刻でも早く飾りを仕上げなければならないと焦った。

母親が、手編みに没頭する娘をドアから眺めて言った。

「もう遅いから、寝なさい」

「ええ、でもこれを早く完成させたいの」

興味をもった母親が、ヤエの肩越しにのぞき込んだ。美しいレースが数センチほどできあがっており、その真ん中には二つの鈴と一つのハムサが結ばれていた。

「これはアーロのための足飾りなの。鈴が付いているので、遠くからでも彼の居場所が分かるし、ハムサが邪悪《じゃあく》な目から守ってくれるわ」ヤエが誇らしげに説明した。

「とても美しくできているわ」母親は感嘆した。

「もうすぐできあがるわよ」ヤエがきっぱりと言った。「お母さんはもう休んでね。明かりは私が後で消すから」

母親はヤエにおやすみのキスをして、自分の部屋に戻った。夜中に、彼女は突然目が覚めた。獲物を探してコソコソとうろつくジャッカルの夢を見たのだ。恐怖でブルッと身震いが起こると、庭から何か物音が聞こえてくるような気がした。嫌な予感がした。

普段、ジャッカルは人家の近くに来ることはない。もしかすると、空腹のために一頭が村へ迷い込んだのかもしれない。ベッドの上で耳を澄ませた。しかし、夜は静かでセミの鳴き声すら聞こえなかった。窓のカーテンを少しだけ動かして、外を見た。月明りに照らされた庭には何の動きもなかった。やはり夢だった。

夜更けに母親が再び目を覚ますと、ヤエの部屋にはまだ明かりが付いていた。ヤエは椅子にもたれたまま眠っていた。飾りは縁《へり》のいくつかの結びを残して、最後まできれいに編まれていた。ヤエをそっとベッドに運んで、母親は明かりを消した。

翌朝、ヤエはできあがったお守りを手にアーロを探すために外へ出た。ベランダの手摺りにはいなかった。庭へ下りて椰子《やし》の木のてっぺんに視線を向けたが、そこにもいなかった。「さようなら」を言わずに出発しないと約束したので、きっと近くにいるはずだ。朝食の狩りに行っているかもしれないと思ったヤエは、椰子の木の間を抜けて砂漠の際《きわ》まで探しに行った。

口笛を吹いてみたが、そこでも返事がない。ヤエは不安になってきた。母親がアーロを見かけたかもしれないと思い、家に戻ろうとした。

そのとき、普段と様子が違っていることに気付いた。花を植えた壺が地面に倒れていたのだ。重い壺なので自然に倒れるはずがない。何かが起きたと直感し、ヤエの心臓が高鳴った。慌ててベランダの横へ走っていった彼女の目に、割れた壺と地面に散乱したケシの花が飛び込んできた。

半分食べられたネズミの死骸、そして散らばった内臓と砂漠の鷲の翼から抜け落ちたであろうと思われるビロードのような柔らかい羽毛が落ちていた。壺が落ちた地面にはラクダの足跡があった。愕然《がくぜん》となって、ヤエはその場に倒れ込んだ。

大声で母を呼びたかったが、泣く声で言葉にならなかった。

「お母さん！」やっとのことで叫んだ。

「密猟者《みつりょうしゃ》たちが夜中にアーロを連れ去った！」母親が庭へ走り、泣きじゃくるヤエを地面から抱き上げた。泣きやむまでしっかりと抱きしめ、ポケットからハンカチを取り出して彼女の涙を拭いた。ヤエの膝《ひざ》は砂利で傷だらけになり、砂混じりの血が足首まで流れていた。

手から落ちたお守りを地面から拾おうと、ヤエは腰を曲げた。ベランダの奥のほうに光るものが見えた。埃《ほこり》にまみれたアーロの月の石飾りだった。

「密猟者たちと争うときにアーロが落としたんだわ」ヤエが息も絶え絶えに言った。

「おいで、傷の手当てをしましょう」

母親はヤエの手を取り、台所へ連れていって彼女を椅子に座らせた。傷についた砂と血を洗い流して、アルコールで消毒した。傷口がヒリヒリと痛んだが、アーロが掛けていた月の石飾りをしっかりと握り締めたまま、ヤエは無言でうなだれていた。

「その首飾りもきれいにしましょう」と、母親が月の石飾りを受け取った。

「昨日の夜にお守りが完成していたら、アーロを守ってくれたのに」ヤエが小さくつぶやいた。

月の石飾りの埃を洗った母親が、布巾でていねいに乾かした。ヤエの顎《あご》を持ち上げ、月の石飾りを彼女の首にぶら下げ、「あなたのせいではありません」と母親がやさしく言った。「あなたは何も間違ったことをしてないわ」

アーロとまだ別れの挨拶《あいさつ》もしていない。アーロに会って、自分でつくったこのお守りをわたさなければならない。友だちを助けるために明日にでも出発しなければならないと、ヤエはひそかに決心した。

＊＊＊

絶え間ない頭痛でアーロは目が覚めた。目を開けると、周りは真っ暗だった。硬くこった首を回してみても、すべてが真っ黒でどこからも光を感じることがなかった。強い動物の臭いを感じ、レモンの島でモナのミルク絞りをしたことを思い出したが、その島にいないことだけは確かだった。今、自分はどこにいるのだろうか……。

今朝起きたことが、少しずつ記憶に蘇ってきた。

ヤエの家のベランダの手摺りに止まっていた。庭を横切って、自分のほうへ走ってくるネズミを見た。心の中で、砂漠の鷲の予感か、あるいは少年としての知恵が自らに警告を発した。〝食べてはいけない！　あのネズミは怪しい！〟と。

それなのに、なぜ自分はあのネズミを捕まえてしまったのだろう……その理由は今でも説明がつかなかった。ただ、そのときのネズミがあまりにも魅力的で、自らに与えられた食事に思えたのだ。

二口食べた後、奇妙な味に気付いたとき、自分のとった行動が誤りだったということを悟った。しかし、すでに遅かった。口はチクチクと痛み、全身の動きが鈍くなっていた。

ネズミには毒が入っていた。体が動かなくなる麻酔《ますい》が効きはじめたのだ。

アーロがかすかに思い出せるのは、黒い布を被せられたときの男の目、争いの途中に月の石飾りが跳ねて落ちたこと、ヤエに助けを求めようと叫んだが喉から声が出なかったこと、乱暴な力で地面に押さえ付けられ、黒くて厚い布に覆われて息が苦しくなったこと、だけだった。

自分は密猟者《みつりょうしゃ》たちによって捕まえられたのだ。争ったときに聞いた嘶《いなな》きがラクダで、動物の臭いもラクダからのものだと分かってきた。周りから聞こえてくる音に耳をすました。

「カチャカチャ」鉄のぶつかる音がアーロの神経に鋭く響いた。「カチャカチャ、カチャカチャ」

港町で見た、籠の中で悲しく座っていた鷲をアーロは思い出した。自分も今は籠に入れられ、黒い当て布で目隠しをされた状態ということが分かった。耳をすますと、カチャカチャの音に加えて柔らかい音も聞こえてきた。きっと、地面に響くラクダの足音なのだろう。

「カチャカチャ、ゴロゴロ。カチャカチャ、ゴロゴロ」

ラクダで運ばれている。しかし、どこへ？　ラクダが一歩動くたびに、「カチン」という鉄の音も響いた。アーロには時間がなかった。春はドアの入り口まで来ている。すぐにレモンの島へ戻らなければ、永遠に砂漠の鷲のままとなってしまう。

自由を取り戻さなければならない！

どうやったら籠から出られるかとアーロは必死に考えたが、金属音がますます酷くなり、頭が割れそうに痛くなった。

「カチャカチャ、ゴロゴロ、カチン！　カチャカチャ、ゴロゴロ、カチン！」

やかましい音を立てながら、ラクダは砂漠のなかを永遠に旅するかのように思えた。

空気が湿気の多いむっとするものに変わった。金属音が少し鈍くなりはじめ、ラクダが止まったのか、ようやく音が消えた。アーロはほっとした。二人の男のしゃべり声が聞こえたが、低い声だったので話の内容は分からなかった。足音がアーロに近づき、籠がラクダの背から地面に降ろされた。

「しばらくの間、目隠しをはずしてもOKだ」太い男の声がした。

籠の蓋がカタカタという音とともに開けられ、誰かがアーロの首を強い力でつかんだ。自分をつかんだ男を怒らすのは賢明でないと分かっていたが、アーロは怒りを抑えることができなかった。

鋭い嘴《くちばし》で、男のぶ厚い手のひらをついた。狂ったようにののしる言葉が響き、首をつかんだ手はゆるむどころかいっそう強くなった。男の指が不器用にアーロの顔をまさぐって、目隠しがはずされた。そして、その手は素早く籠から外に引かれ、再び蓋が閉じられた。

ようやく重苦しい暗闇が去った。周囲の薄明りに目が慣れるまで、しばらく時間がかかった。大きな男が籠のそばに手を置いて立ち、アーロを怒りの眼差しでにらんでいた。

彼らは洞窟《どうくつ》の中にいた。ドーム型に広がった石灰岩の壁が高くそびえ、広い空間をつくっていた。洞窟の底は白い砂に覆われていた。中央には焚《た》き火をする場所があり、その周りにはカラフルなマットが敷かれている。地面には、空《から》の金属籠がいくつも横たわっていた。

背の低い男が焚き火をする場所に屈み込み、砂漠から拾ってきた薪《まき》に火をつけている。その場所を照らすように、洞窟の天井から細い光が下りていた。アーロは、ヤエが自分の父親について語った話を思い出した。上を見上げると、洞窟のてっぺんに丸い小さな穴があった。そこが自分の逃げ道だ、と閃《ひらめ》いた。

薪に火がつき、白い煙が洞窟の穴のほうへと上っていった。男が手に唾《つば》を吹きつけて手をこすった。それから素手で焚き火のなかの小枝を動かし、その上に煤《すす》だらけのコーヒーポットを置いた。二人は黒い服を着ており、頭のターバンも黒い布で覆われていた。服全体が砂漠の埃《ほこり》で汚れていた。

コーヒーの香りが洞窟を満たした。男たちは焚き火の周りに座り、小さなコップでコーヒーをすすった。大きいほうの男は飲み終わると立ち上がり、地面から袋を手に取った。その袋から砂糖の欠片《かけら》のようなものを取り出してラクダの口に入れると、ラクダは満足そうに嘶《いなな》いた。

「足の筋肉を緩めるために、しばらくの間、鷲を籠から出してやれ」

小さいが、年上の男が太い声で命令した。

籠の蓋が開けられた。アーロは素早く籠から出て、天井の穴のほうへと舞い上がった。しかし、アーロの逃避行は悲しいほどに短かった。足から地面のほうへ強く引っ張られ、塵《ちり》だらけの白い砂の上にすぐに引き戻された。

籠につながれていたのだ。足首に金属の輪が付けられており、細い鎖で籠につながれていた。旅の間じゅう頭痛に悩まされた音は、その鎖が金属籠の壁を叩く音だった。

年上の小さい男が焚き火を離れてアーロに近寄ってきた。

「ここに、かなり頑固な鳥がいるようだな」アーロの頭を触ろうと男が手を伸ばした。

アーロは地面に落ちたときに肩を痛めて朦朧《もうろう》としていたが、それでも頭を動かすことでその男の手を避けた。男の手でなでられるのが嫌だった。

「チエッ！」男は頭を振った。「逃げることは不可能だ。早く諦めたほうが得だぞ」

年上の小さい男が大きい男に合図した。

「逃げようとしたら罰を与えよう。それを教訓にさせるんだ」

アーロは再び首から持ち上げられ、籠に入れられた。

「おい、気を付けろ。鷲に怪我をさせては元が取れないぞ！」年上の男が太い声で怒鳴った。

アーロは再び暗闇に包まれてしまった。

＊＊＊

地面から拾った柔らかい羽根をヤエは手に握っていた。砂漠の鷲の臭いがした。ヤエは、サソリに刺された友だちを抱きしめたときのことを思い出した。密猟者《みつりょうしゃ》たちがアーロの意志を砕いて、狩り専用のみじめな鷲にする前にアーロを見つけなければならない。

彼には、大空を飛び、夏は北へ向かい、秋にはまた自分の所に戻ってくるという自由があるはずだ。そう考えたヤエは、月の石飾りを見ながらベドウィン老人から聞かされた話を思い出そうとした。

――同じ飾りを首にした若くて美しい女船長。

記憶を取り戻そうと集中して、ヤエはようやく船の名前を思い出した。「ステラマリス号！」

港町に行って、その船を見つけなければならない。もし、同じ飾りを持っているのなら、船長は砂漠の鷲のことも知っているだろう。アーロを助けるために、きっと船長は手伝ってくれるはずだ。

問題は、どうやって港町に行くかだ。お母さんは決して許してくれないだろう。最寄りのバス停は一〇キロほど離れた町にある。そこまで歩くことはできるが、自分がいなくなったことに気付いて、お母さんはすぐに探しはじめるだろう。夜の暗いうちに出発すれば、港町行きの早朝バスに間に合うはずだ。

ヤエはひそかに準備をしはじめた。まず、ショルダーバッグに必要なものを詰めた。干し椰子《やし》、水筒、二ポンドのコイン、ビロードのような羽根、自分とアーロのためにつくったお守り。そして、置き手紙を書いた。

愛するお母さんへ

私は、友だちのアーロを救うために旅に出なければなりません。気を付けると約束しますので、心配しないでください。アーロを見つけてお守りをわたしたら、お別れの挨拶《あいさつ》をしてすぐに戻ります。

ヤエより

夕暮れどきの家のベランタ、母親はロッキングチェアに、ヤエは階段に座っていた。ヤエは、母親が植え直したケシの壺を見ていた。花が少し萎《しぼ》んでいた。

「あなたの友だちはとても賢い鷲よ。密猟者《みつりょうしゃ》たちから逃げることができるかもしれないわ」母親がヤエを元気づけるように言った。

「そうね」とヤエは答えたが、母親の視線は避けていた。

寝る時間になった。普段、ヤエが寝るときは、母親が「おやすみ」を言うために部屋まで来ていたが、今夜だけは部屋に来てほしくなかった。

「疲れたー」ヤエはあくびをした。

「ミント紅茶を飲む？」母親が尋ねた。

「いいえ、もう寝るわ」ヤエは母親の首に手を回して、長い間抱きしめた。

ヤエの髪をなでながら母親が言った。

「おやすみなさい。もう少し、私はここにいることにするわ」

ヤエは入り口のドアを少し空けたままにして、部屋の明かりを消した。パジャマに着替えず、夏用の白いブラウスとショートパンツのまま横になった。歩きやすいスニーカーやショルダーバッグはすでにベッドの下に用意してある。掛け布団を首まで引っ張り、母がそれを掛け直しに来ないことを願った。

家の中の物音に耳を傾けた。ベランダのロッキングチェアと台所の皿の音などがしばらく続いた。足音が自分の部屋の前を通りすぎて、母親の部屋に消えた。そして、家の中が静まった。旅とステラマリス号のことを考えていたので、ヤエが眠りに落ちることはなかった。

午前三時、ヤエはベッドから起き上がった。夜の涼しさが部屋の中でも感じられた。押し入れからもっとも濃い色のシャツを取り出して、それを白いブラウスの上に羽織った。暗闇で目立つのを避けるためだ。ベッドの枠に結んであったノアムからのプレゼントであるスカーフを取って首に巻いた。母に宛てた置き手紙を台所のテーブルの上に乗せ、暗闇の中へと足を踏み出した。

＊＊＊

村を出て、砂漠の道に着くとヤエは足を止めた。ベドウィンの老女からもらった足飾りを取り出して足首に付けた。この旅で、これが邪悪《じゃあく》の目から守ってくれると思うと心強かった。ヤエが埃《ほこり》っぽい道を歩くと、足飾りの小さな鈴が柔らかくチリンチリンと鳴った。薄い三日月が、空からちょうどよい光を与えてくれた。

数キロほど元気よく歩いたとき、遠くにジャッカルの鳴き声がした。ヤエは背筋がぞくっとして体じゅうの血が凍るかと思った。アーロを助けなければならないという一心で、ジャッカルのことなどすっかり忘れていたのだ。ジャッカルの鳴き声が近くなってくる。

父が死んだ後にささやかれた近所の人たちの言葉を思い出した。家の角を通りかかったときに、ヤエは偶然その話を聞いてしまったのだ。盗み聞きはしたくなかったが、ショックのあまりその場を離れることができなかった。

「ジャッカルが彼に酷《ひど》いことをしたらしい」隣人が自分の妻に説明していた。

「恐ろしいことだわ。落ちたとき、すでに死んでいたならいいけれど」

「しかし、その死体は三日間も見つけられずにそこに置かれていたんだ」

こんなヒソヒソ話がヤエの耳元でざわめきはじめた。

「やめて！　もうこれ以上聞きたくない！」

村人たちの話を聞いた後、ヤエはジャッカルの唸り声を聞くたびに血が凍る思いにさいなまれた。匂いで、ジャッカルは私を見つけることができるのだろうか。

ショルダーバッグを拳が白くなるほど強く握りしめると、ヤエは走り出した。足飾りの鈴が、走るリズムに合わせて激しく鳴った。ベドウィン老人たちが約束したとおり、足飾りが自分を守ってくれるようにと祈った。雲が三日月を覆い、道が真っ暗になった。

ヤエは必死に走り続けた。暗闇で見えない石に何度もつまずいたが、何とかバランスを保つことができた。暗闇のなかで、道の端がどこなのか分からなかった。砂漠に迷い込まないよう、時々止まって道を確かめなければならないが、ジャッカルの唸り声が近づく一方だった。

恐怖のあまり、彼女は手を胸に置いた。黒いシャツの中に月の石飾りを感じた。夜、ベランダで寝ているとき、砂漠の鷲の首に月の石が輝いたことを思い出した。震えた手で、ヤエはそれを握り締めた。

そのとき、月の石飾りに誘われたかのように月が雲間から顔を出した。月の石が反射する柔らかな白い光で、道がはっきりと見えるようになった。恐怖が一掃され、ヤエはただひたすら友だちを助けることだけを考えながら走り続けた。

＊＊＊＊

「彼らは鷲の意志が砕けるまで、目隠しをしたまま籠に入れておく」

アーロは、ベドウィン老人の言った言葉を思い出していた。

しかし、僕の意志を誰も砕くことはできない。アーロは勇猛果敢《ゆうもうかかん》にそう考えた。暗闇が長く続いていたが、周りで何が起きるのかを知るために、ほかの感覚を鋭く研ぎ澄ますように努めた。チャンスがあればすぐに逃げられる準備をしておくべきだ、とも考えた。そのためには、時間の感覚を失ってはいけない。

煙と食べ物の臭いが消えた。ラクダたちが数回嘶《いなな》くと、それもすぐに軽い寝息に変わった。洞窟に夜の静けさが訪れたが、それも長くは続かなかった。コウモリたちが飛ぶ「シュッ、シュッ」という翼の音がアーロを取り囲んだ。暗闇で、その音は何倍も大きくなり耐え難いものになっていったが、疲れ果てていたアーロは短い眠りに落ちた。

焚《た》き火あたりから発せられた音でアーロは目を覚ました。パチパチと燃える小枝の音、コーヒーと焼いたピタパンの香りがした。夜が明け、アーロはひどい空腹感を感じた。素早い動きで足音が近づいてきた。

「夜の間に気が変わったかどうかを試してみよう」

年上の小さい男の声がそばで聞こえた。籠の蓋が開けられ、目隠しがはずされた。アーロが嘴《くちばし》を動かす間もない速さで首がつかまれた。洞窟の天井の穴から朝日の柔らかい光が見えたが、長い暗闇の後だけに目が痛んだ。

「腹が減っているだろ?」男が意地悪く歯をむき出して薄笑いをした。「素直に言うことを聞けば、朝飯が食えるぞ」

男は籠のそばで自分の腕を水平にし、片方の手でそれを軽く叩きながら「素直にここへジャンプして来い」と言った。

アーロはためらった。負けたことを認め、その腕に止まるほうが得だということは頭では分かっている。それで朝食をもらい、逃げるためのエネルギーも得られる。しかし、砂漠の鷲の感覚とプライドがそれに抵抗した。この男の「悪」が勝つことを認めたくなかったのだ。アーロは動かなかった。

「おや、まだそんな態度をとるのか？」小さい男は怒って言った。

当て布が再び目の上に戻された。暗闇で時間の感覚がまた消えていきそうだ。昼と夜の区別もつかなくなる。頭がグラグラして、男たちの声がかすかにしか聞こえなくなった。

「この鷲をどうしますか？　時間の無駄ですよ」大きい男が言った。

「これほどの白い鷲はほかにいない。かなり珍しいから、市場で買いたがる客が必ずいるはずだ」

「本当ですか？　いくら訓練しても、狩り用の鷲にするのは無理なようですがね」

疑り深い会話が続いた。

「うまい訓練者なら、よい狩りの鷲にすることができる。信じろ！　やってみたい奴もいるもんだ。ただし、根気がいるがね」

「港町までの道のりは長いですよ。長旅の価値があると思いますか？」

「心配ない。高値で売ってみせるさ」

アーロは目まいを感じていた。さまざまな思い出が頭の中をよぎった。父と海に出たこと。嵐の中の遭難。砂漠の上を飛んでいたこと。母が「食事だよー」と呼んでいたこと。目の前に、大好物のマシュポテトとビーフシチューが皿いっぱいに置かれている……。

アーロの思考は混沌《こんとん》として、朦朧《もうろう》としはじめていた。夢と現実の区別がつかなくなってきた。自分が今どこにいるのか？　自分は砂漠の鷲なのか、それとも人間の男の子なのか？　これらのすべてが夢で、しばらくすれば自分のベッドで目が覚めるのか？

アーロは、砂漠に着いた日の美しい夕暮れを思い出した。そこでは、スラリとしたヤギが砂漠の絶壁を走っていた。

ヤエ！　アーロの思考が突然はっきりとした。

ヤエはあの朝の争いの跡を見て、きっと月の石飾りを見つけたはずだ。彼女はひ弱でやさしい女の子のようだが、本当は勇気のある意志の強い少女であることをアーロは知っていた。一緒に過ごした冬の間に、そのことがアーロにははっきりと分かった。

ヤエは自分を見つけるために全力を尽くしてくれるはずだ、と信じた。

＊＊＊＊

静かな広場で、ヤエは早朝のバスを待っていた。夜道を走ったため、想像より早く着いた。小さな村は、遅い朝からやっと覚めようとしていた。広場の端で一人の老女が小さなコーヒーショップの開店準備をはじめ、店の前に椅子を並べていた。

車の音が聞こえてきたのでバスが来たのかと心を躍らせたが、あいにくと使い古したトラックが近づく音だった。トラックはマフラー音を轟かせて広場を横切り、コーヒーショップの前で停まった。荷台には木製の箱が重ねられており、その上にシートがかけられていた。箱いっぱいにシチメンチョウが入れられ、その鳴き声が広場に響いた。

トラックから二人の若い男が出てきて、コーヒーショップの前に用意された椅子に座った。夜の涼しさはなくなっていた。ヤエは首からスカーフをはずし、黒いシャツも脱いでショルダーバッグにしまい込んだ。

「ブラックコーヒーを二つ」男たちの注文する声が聞こえた。

「どちらまで行かれるのですか？」店員が尋ねた。

「港町ヘシチメンチョウを運ぶんだよ」

「それなら長い旅ですね。大きなカップにしましょうか？」

「ああ、大きくて濃いのを頼むよ」


ヤエのほかに二人の村人がバス停に来た。すると、ようやくバスが広場に現れた。ショルダーバッグから取り出した二つのコインをヤエは手にしていた。ドアがギギィーと開き、もどかしい気持ちでバスに入った。ハンドルの前に座って、赤みを帯びた額の汗をハンカチで拭いている男に、ヤエが「おはよう」と挨拶《あいさつ》した。男は「おはよう」と、笑顔のない無愛想な声で答えた。ヤエのほかに、客はまだ誰も乗っていなかった。

「港町に行きたいんです」と、ヤエが二個のコインを運転手に見せた。

「四ポンドだよ」運転手が太いまゆ毛の下からヤエをにらんだ。

そんなに高いとは思っていなかった。

「でも、私、これ以上、持っていないんです」と、途切れ途切れに言った。

「四ポンドだ！」運転手が冷たく繰り返した。

「どうしても港町に行かなければならないの」ヤエが慌てて叫んだ。

「四ポンドがないのなら、ほかの人が乗れるようにそこを空けなさい」

運転手はイライラしながらまた額の汗を拭いた。ヤエが重い足取りでバスを降りると、土埃《つちぼこり》とがっかりした少女を残してバスが走り出した。

何とかして港町まで行かなければならない、とヤエは心の中で繰り返した。

シチメンチョウを積んだトラックのほうを見た。運転手たちがコーヒーを飲みながら話に興じていた。もし、トラックの荷台にこっそり乗ることができれば港まで行けるかもしれない。シートの下にある箱と箱の間に隠れることさえできれば……。

高鳴る鼓動を押さえながら、ヤエは静かにトラックの後方へと回った。男たちは変わりなく賑やかにしゃべっていた。素早く荷台に乗り込むと、箱のすき間に丸まった。

シチメンチョウたちの禿げた頭は、体に比べるとかなり小さかった。その長い首が、羽毛をむしり取ったチキンを思い起こさせた。シチメンチョウたちが「カルカルカルカル！」と騒々しく鳴くとき、その長い首がおかしいほど前に伸びた。

最初はその鳴き声がヤエを楽しませてくれたが、この騒ぎが旅の終わりまで続くとは思っていなかった。一羽だけが鳴いているときもあったが、道のデコボコでトラックが上下するたびにすべてのシチメンチョウがコーラスをするかのように鳴いた。

静かにして！　と叫びたかったが、効果がないことは分かっていた。仕方なく、彼女はトラックの床に座り込んだまま、手でしっかりと自分の耳を押さえるしかなかった。太陽が照りつけ、シートの中の温度は耐え難い暑さになった。背中から、汗が滝のように流れてきた。

トラックは砂漠の道を長い時間走り続けたが、途中ですれ違う車は数台であった。狭い箱の間でじっと膝を丸めていたヤエの足は感覚がなくなり、揺れ動く箱の角でぶつけた腕は傷だらけとなった。

さわやかな風がシートの下を吹き抜け、ヤエはほっとして外を見た。オリーブ畑の並木道を走っていた。ヤエはカバンから水筒を取り出して、砂漠の埃《ほこり》によって乾いた喉を潤した。

ひどく揺れるデコボコ道がようやく終わり、道が平らで滑らかなアスファルトに変わった。車が停まり、クラクションが鳴った。その音に混じって、人の声が遠くに聞こえた。

ここはもう港町なのかしら？　ヤエは期待の眼差しでシートの中から通りの景色をのぞき込んだ。大勢の人が、ぎっしりと建ち並んだ家々の間を縫うように続く下り坂を歩いていた。

次の曲がり角で、ヤエは喜びの叫び声を上げた。建物の間から、キラキラと光る青緑色の水らしきものが見えたのだ。多くの人が、その青緑色のほうへ向かって下っていた。海にちがいない！　嬉しさのあまり踊り出したくなるのをヤエは必死に堪えた。初めて海を見ることができる！

車が賑やかな市場の広場に停まった。建物越しに、数本の高いマストがヤエの目に入ってきた。きっと、この建物のうしろに港があるはずだ。

運転席のドアが開く音がした。見つからないうちに早く逃げなければならない。ヤエはシチメンチョウの箱を掻き分けて、トラックの荷台からジャンプして降りた。運転手は、埃《ほこり》だらけで汗まみれの女の子がトラックから市場の人混みの中へ走っていくのを見て驚いた。

「港まで運んでくれてありがとう！」うしろを振り向くことなく、ヤエは彼らに叫んだ。

ステラマリス号——新たな船出

かつて、ステラマリス号は大洋を航行する船のなかでもっとも大きな貨物船だったが、それはもうはるか昔のことだ。港に停泊しているほかの船の横に並ぶと、すでに時代遅れの古い船にしか見えなかった。しかし、大洋を航海しようとするステラマリス号は、今も美しい姿で海洋に浮かんでいた。

ミラベレは、船員たちの荷上げ作業をデッキから見守っていた。今回の運搬物はオリーブと香辛料である。

世界じゅうの港で、ステラマリス号が寄港したことのない所はほとんどなかった。ミラベレの記憶では、今回錨《いかり》を下ろしたこの南の大陸にある港町への訪問は四度目だった。しかし、ここから北の大陸へ向かって航海するのは初めてである。その航路は、あの島の近くを通るルートだ。

もしかすると……一つの思いがミラベレの心に一瞬浮かんだが、彼女はそれをすぐに振り払った。あまりにも長い年月が経過しているので、セバスチャンはとっくに待っことをやめているにちがいない。すでに、別の女性を見つけているだろう。それどころか、彼はもう島には住んでいないかもしれない、と彼女は考えた。

とはいえ、あの島での思い出は、これまでに幾度も彼女の心をかき乱してきた。レモンと潮の香り、灯台から眺めた魅惑的な星空を、ミラベレはまだしっかりと覚えていた。

彼女は何度も忘れようと努力してみたが、それが成功することはなかった。月の石が、相変わらずシャツの下で首から胸元に下がっていた。デッキに立ちながら、今、その月の石を彼女は握り締めていた。再びかすかな希望が湧き、島の桟橋《さんばし》で待つセバスチャンの姿が目に浮かんだ。

しかし、やはり疑念のほうが希望よりも大きかった。灯台は崩れ落ち、島は無人島となり、彼女を待つ人はもう誰もいないのではないか……と。

＊＊＊＊

野良ネコに餌をやる時間だったが、今日、白髪《しらが》の年老いた船乗りは急いでいた。ステラマリス号が港に錨《いかり》を下ろしていると聞いたからだ。彼は袋に入っていた残りのパン層をすべて泉の脇に放り投げて、袋を畳んでポケットに入れると港のほうへ下りていった。足の悪いこの船乗りにとって丸石が敷き詰められた路地を歩くのは痛みを伴ったが、どうしてもステラマリス号とその船長に早く会いたかった。

デッキに立っているミラベレは、もはやこの老人がかつて世話をした美しくて若い女性ではなかった。今も美人ではあるが、顔には張りのある艶《つや》がなくなり、口元には皺《しわ》も見られた。

二人が最後に会ったときからかなりの月日が流れていた。それでも、ミラベレは足を引きずりながら船に向かって歩いてくる老人を見て、彼であることにすぐに気付いて桟橋《さんばし》へと走り出した。

「グスタボ、また会うことができて本当にうれしいわ！」

ミラベレは彼を抱きしめた。

グスタボは感動する気持ちを抑えようとしたが、震える声までは抑えることができなかった。彼は、ミラベレが小さな女の子から女性になって、初恋に喜ぶとき、そして恋人との別れを悲しむ様子を見てきた。そんなミラベレの人生に寄り添い、静かに見守りながら、助けが必要なときにはいつも背後で支えてきたのだ。

て光栄です」

「ミラベレ」と老人は呼んだが、すぐに言い直した。「ミラベレ船長、お目にかかれ

「ミラベレと呼んで」と、グスタボ老人が知る昔と同じ微笑みを浮かべて答えた。

幼いとき、ミラベレはグスタボの膝の上で彼がつくり出す海の物語を聞いた。彼女がそんな話を素直に信じていつも笑っていたので、グスタボも話すのが楽しかった。

「体の具合はいかが？」ミラベレが老人の手を取って尋ねた。

「おかげさまで、それほど悪くありません」グスタボはうなずきながら答えた。「愛しいステラマリス号を恋しく思っています。また、一緒に海に出掛けたいのです」

ミラベレは老人をじっと見つめた。髪が真っ白で、腕の筋肉もなくなっていた。ミラベレの記憶のなかにあるグスタボよりも、彼ははるかに小さかった。

「航海に耐えられますか？」彼女が尋ねた。

グスタボは、ミラベレの手を自分の皺《しわ》だらけの手に包んで答えた。

「航海中にあの世へ行くことが私の望みです。土の中で腐るような埋葬はしてもらいたくないのです。私が航海中に死んだら、海に投げ入れてください。そうしていただければ、永遠に海の一部になれます。それが私の幸せなのです」

「相変わらず正直な方ですね」ミラベレが笑った。

今度は自分がグスタボの世話をする番になったことが分かり、彼女は安心した。

「分かりました、グスタボさん。あなたのための場所が船にはあります。船乗りとして雇いましょう」ミラベレが告げて握手をした。「荷運びには、まだしばらく時間がかかるようです」

ミラベレが船に戻ろうとしたとき、グスタボはミラベレに尋ねるべきことを思い出した。再会した感動が大きすぎて、記憶があやふやになっていたのだ。

「セバスチャンのことを今も思い出しますか?」

再びミラベレの手を握って、グスタボが言った。ミラベレは驚いた。「たまに」と答えた彼女の言葉が嘘であることを、グスタボは見抜いた。

「彼からもらった首飾りをまだ持っていますか?」

ミラベレが手を胸に当てた。

「そうだろうと思いました」目を光らせて、グスタボはうなずくように言った。

「その半分のほうを見ましたよ。冬の前だったかな、それを首にかけた砂漠の鷲を見たのです」

この言葉を、ミラベレはどのように理解すればよいのか分からなかった。

「つまり、セバスチャンが自分の首飾りを手放したということなのですね」と、静かな声で言った。「それが砂漠の鷲の首に、どのようにしてたどり着いたか誰も分からないでしょう。やはり、私を待つことを諦めたのだと思います」

「違います！　逆です！　それは証《あかし》なのです」

グスタボ老人は興奮して、激しく手を振った。

「セバスチャンが、あなたを見つけるために砂漠の鷲を放ったのです。私を信じてください。彼は、今もあの島であなたを待っています。あなたは、ステラマリス号をあの島へ向かわせるべきです」

グスタボ老人の言葉を信じたかったミラベレだが、悲しげな微笑みを浮かべてこたえた。

「相変わらず、グスタボは昔と同じようにおかしなことばかり言うのね！」

＊＊＊

クシャクシャな髪をした小さな男の子が、兄とともに市場のテーブルのうしろに座っていた。彼らは、家族で集めた色の濃いオリーブを売っていた。ガラス瓶がテーブルの上にきれいに並べられ、看板には「山村の伝統的なレシピで味付けしたオリーブです」と書かれていた。

兄の仕事はお金の管理で、弟がお客さんの相手をしていた。まだ午前中だったが、缶の中にはすでにかなりのお金が入っていた。多くの人々の話し声やどよめきで、市場は早い時間からかなり賑わっていた。

背中の曲がった老女が、彼らのテーブルの前で足を止めた。

「美味《おい》しそうなオリーブだね。一瓶いくらかね？」

「二ポンドです」と、サムエルが元気な声で答えた。

「二つ、三ポンドでどうかね？」老女が値切ってきた。

彼女のみすぼらしい服を見て、お金があまりないと考えたサムエルはまけてあげたいと思い、兄の服を引っ張って合図を送ったが、兄は「二缶で四ポンドです」ときっぱりと言った。サムエルが再び服を引っ張ってみたが、「僕たちは安く売ることはできません」と兄は繰り返した。

「それなら一つだけ買うよ」と老女は二ポンドをわたし、兄がそれを缶の中に入れた。

実は、サムエルの視線は、先ほどから黒服を着た二人の男たちに向けられていた。

「サムエル、お客さんに瓶をわたして」と、兄がぼんやりしている弟に言ったが、彼の視線は老女の肩越しに男たちを見つめたままだった。兄につつかれてようやく瓶をわたすと、サムエルは「一つ確かめたいことがある。すぐに戻るから」と叫んで人混みのなかへと消えていった。

「サムエル！」慌てて駆け出していくサムエルのうしろ姿に向かって兄が叫んだ。

「売り場を離れちゃダメじゃないか！」

サムエルの目は、男の手に下げられた金属製の籠に注がれていた。チラリとしか見えなかったが、籠の中に白い鷲がいたように思えたのだ。彼は二人の後を追っていたが、人混みのなかですぐに見失ってしまった。

あたりを見わたして、高い場所がないかと探した。目の前に果物をいっぱい並べた市場のテーブルがあり、そのうしろに空箱がタワーのように積まれていた。彼は素早くその上に登って、人混みに視線を投げた。

黒いターバンを巻いた二つの頭がチラリと見えたとき、乗っていた箱の山がぐらつきはじめた。箱の山が倒れる前にジャンプして下りると、一目散に走って逃げた。怒った果物売りの男が、逃げてゆく男の子のうしろで拳を高く上げていた。

黒いターバンの男たちは市場の片隅から細い路地へと入っていったが、サムエルがそこへ着いたとき、路地には彼らの姿がなかった。サムエルは路地から延びるすべての街区を探したが、男たちを見付けることができなかった。がっかりして戻ろうとしたとき、突然、「クワークワー、ククク、キーキー」というオウムの鳴き声が聞こえてきた。

きっと近くに鳥を売っている店があり、男たちはそこへ入ったのだろう。サムエルは耳を澄まし、オウムの鳴く方角を確かめながら路地から路地へと歩き回り、ようやく薄暗い路地でその店を見つけた。テーブルの上に鳥籠が並べられ、その一つにオウムが入れられていた。

テーブルの奥には、髪の毛をオールバックにした背の高い痩せた男が立っていた。ちょうど、黒い服の男たちがそこを去っていくところだった。背の高い痩せた男がタバコに火を付け、テーブルに残していった籠を満足そうにもう一人の男とともに眺めていた。

サムエルは、どうしてもその籠の中を確かめたかった。彼は通行人を装って店の前を歩き、籠の中をのぞいた。そこには、オリーブの収穫を手伝ってくれたあの白い砂漠の鷲が入っていた。間違いない！　ほかに、あんなに白い砂漠の鷲がいるはずがない。

鷲の目は黒い布で覆われていた。サムエルは立ち止まって、さらに籠の中をのぞき込んだ。がっくりとうなだれた悲しそうな砂漠の鷲を見て、放っておけないと思った。今度は、自分が彼を助けなければならない。

「やあ、お前、何か用かい？」

テーブルの奥から痩せた男がぶっきらぼうに聞いてきた。サムエルには、サングラスの下で光る男のずるそうな視線が見えなかった。

「この鷲、値段はいくらですか？」サムエルが尋ねた。

その声に、朦朧《もうろう》としていたアーロが目を覚ました。長い間の暗闇と飢えのために彼は力尽き、動くことさえできないでいた。すでに、春が来る前に島へ戻ることを諦めかけていた。自分は永久に鷲のままで、もう人間の少年に戻ることはできないだろうと思っていた。

しかし、今、聞き覚えのある声を聞いて、かすかな希望が湧いてきた。アーロは嬉しさのあまり思いきり叫びたかったが、乾いた喉と疲れのために声が出なかった。

「値段を知ってどうするのかね?」男が聞いた。

「買いたいと思います」

男が大きな声で笑った。

「僕にはお金があります。買いたいのです」サムエルは繰り返し言った。

「その金を見たら信じるよ。五〇〇ポンドだ」男はからかうようにまた笑った。

「誰にも売らないでください。お金を取りに行ってきますから」

サムエルはその場を離れると、猛スピードで兄の所へ走り出した。

あの男の子の声をいったいどこで聞いたんだろうか。アーロは必死になって記憶をたどった。すると、オリーブの木の下でクシャクシャ髪をした男の子が目を丸くして自分を見つめていた光景が浮かんだ。アーロの胸が高鳴った。力を振り絞って頭を高く持ち上げると、喉からかすかな呻き声がもれた。

「心配しないで! すぐに迎えに来るから!」と言うサムエルの声が遠くから聞こえてきた。

＊＊＊＊

ステラマリス号はまだ出港の準備を終えていなかった。航海に必要な品物をいくつか手に入れるため、ミラベレはグスタボとともに市場に行くことにした。

「オリーブは私の大好物です」と、グスタボが彼女を市場の店先に案内した。

「それなら、いくつか買いましょう」と言いながら、ミラベレはサムエルたちのテーブルへのほうへ歩み寄った。ちょうどそこへ、サムエルが走って戻ってきた。

「兄さん！　僕たちに今お金がいくらあるの？　あの鷲を助けなければならない」と、サムエルが息を切らして兄に聞いた。

「何を馬鹿げたことを言っているんだ！」兄は驚いて言った。

「オリーブを集めたときに僕を助けてくれた砂漠の鷲を覚えているでしょ！　誰かが彼を捕まえるかもしれないと、あのときお父さんが言ってた。今、その鷲があそこの路地で売りに出されているんだ」

サムエルが缶を手に取って、中にあるお金を数えはじめた。

「五〇〇ポンドが必要なんだよ」

「何をするんだ？　お父さんとお母さんを怒らすつもりか？」

兄は叫んで、サムエルの手から缶を奪い取った。

「五〇〇ポンドだって！　そんな大金が僕たちにあるわけがないだろう」と、兄が首を振った。

「僕たちは、あの鷲を助けなければならないよ！」サムエルは必死だった。

「落ち着けよサムエル、お客さんが来たぞ」

兄がミラベレにしばらく待ってくださいとていねいに頼むと、再びサムエルのほうを振り向いた。

「あのときと同じ砂漠の鷲であると、どうして分かるんだ？　みんな同じように見えるだろ？」

「彼が真っ白だったことを覚えてないの？　特別な鷲だったんだ。そんな鷲はほかにいないよ」

そばで男の子たちの口論を聞いていたグスタボが、興味深く目を輝かせながら尋ねた。

「今、真っ白な砂漠の鷲と言いましたか？」

サムエルが力強くうなずいた。

「私も、一度そのような鷲を見ました。その首には月の石飾りがあった。あなたに話したでしょ。覚えていますか？」

グスタボが、今度はミラベレのほうを向いて話した。ミラベレは軽く微笑んだ。なぜなら、この話は彼女を慰めるためにグスタボが考え出したつくり話だと思っていたからだ。

「その鷲も真っ白だった。きっと同じ鷲です。これで、私の話が本当だったということがお分かりですよね」

ミラベレの体に衝撃のようなものが走った。もし、グスタボの話が正しかったら、鷲は自分をセバシチャンの所へ導こうとしているのかもしれない！

サムエルには老人の話がよく分からなかったが、その老人と女性が砂漠の鷲を助けてくれるかもしれないと直感した。

「僕はその鷲を買いたいのですが、お金が足りません」サムエルが哀れな声を出した。

「その鷲はどこにいるのですか？」ミラベレが言った。「私にはお金があります」

＊＊＊＊

アーロには、誰かに助けてもらえるかもしれないという期待が湧いてきた。もしかすると、レモンの花が咲く前に灯台守と砂漠の鷲が待つ島まで戻れるかもしれない。

オウムが静かになったとき、近づいてくる重い足音がアーロの耳に届いた。

「今日のおすすめは何だね？」と、低くて不吉な声が響いた。

アーロは、以前、籠の鷲を買っていった肥った男を思い出した。サムエルはなぜまだ来ないのだろう？　助けに来てはくれないのだろうか……。

「これは非常に特別な鷲です。見てください。こんなに白いんです」

「いくらだ？」

「五〇〇ポンドです」

「そんな馬鹿な！」

「それくらいの価値があることは、旦那ならご存知のはずですがね」

そのとき、路地から足早に駆けつけてくる音がした。

「私が五二〇ポンドお支払いします」と、女性の声が聞こえた。

「おや、おや、オークションのはじまりですか？」売り手の痩せた男がずる賢い笑みを浮かべた。

「五三〇ポンド！」低い声が大きく響いた。

女性が溜め息をついて、「残念ですが、私はそれ以上持っていません」と告げた。

売り手の男はピカピカ光るサングラスを外してミラベレに顔を近づけ、彼女の首にかかっていた飾りを見て言った。

「その飾りは？」

「これがどうかしましたか？」ミラベレが答えた。

「五〇〇ポンドと、その首飾りで鷲を譲りしましょう」男は自分の手をミラベレのほうに伸ばして言った。「それでいいですね？」

ミラベレは目を閉じて、少しの間考えた。飾りを首からはずして男の手にわたそうとすると、グスタボが彼女の腕をつかんで怪訝《けげん》そうな顔をミラベレに向けた。

「グスタボ、私は自分のやるべきことが分かっています」ミラベレが思慮深く答えた。

「これで決まりです」と、ミラベレは男に首飾りをわたして握手をした。

助かったことが分かってホッとしたアーロの頬に涙が流れ落ちた。籠がテーブルから下ろされ、ミラベレの腕の中で路地裏の道を進んでいった。

「首飾りを手放してしまいましたが……」老人の驚いたような言葉がアーロに聞こえた。

「そうです。しかし、よい目的のためにしたことです。結局、あれは飾りにすぎなかったのですから」と、ミラベレが答えた。

「鷲の目を、見えるようにしてあげてください」サムエルの声が続いた。

籠の蓋《ふた》が開けられ、すべてが眩しすぎるほどに明るくなった。長い間暗闇のなかにいたので、突然の光はアーロの目をくらませた。アーロは思わず目を閉じた。少しずつ目を光に慣らさなければならなかった。

「鷲をどうしたいのですか？」ミラベレがサムエルに尋ねた。

「ただ、助けたかっただけです。あまりにも可哀そうだったから。昔、その鷲が僕を手伝ってくれたので恩返しがしたかったのです」サムエルは籠の扉から手を入れて、アーロをやさしくなでた。「自由にしてあげるべきだと思います」

「私もそう思います。でも、とても弱っているようだから、まず船の上で食べ物を与えて、元気になってから放しましょう」

ミラベレは籠を船に運んでいくことにした。

「僕は、お父さんが迎えに来る前に売り場に戻らなければなりません。さようなら！」サムエルは挨拶《あいさつ》をしたかと思うと、走り出していた。


籠を持ったミラベレ船長とグスタボ老人が港に帰ってきた。明るさに慣れてきたアーロの目の前に、大きな船と数本のマストがあった。ステラマリス号！　この名前を、どこかで聞いたような気がした。

——若くて美しい女船長。彼女の首にそのような飾りがあった。

祭りに行ったとき、ベドウィン遊牧民の老人がヤエにステラマリス号の船長の話をしたことを思い出した。アーロの心臓がドキドキしはじめた。あれがミラベレの船なんだろうか？

「同じ飾りを見れば彼女であることが分かる」と、灯台守は言っていた。この女性は五〇〇ポンドと首飾りで自分を買ってくれた。彼女は、市場で月の石飾りを手放したのだろうか。そうすると、この女性がミラベレ？　ついに、ミラベレを見つけることができたのだろうか？　さまざまなことが浮かんできて、アーロの頭は混乱をきたしていた。

二人は船のデッキに上り、ミラベレが籠を台の上に置いた。ミラベレは肘《ひじ》をつき、青い目でアーロを見つめていた。アーロは、ミラベレが青い瞳と卵形の顔をした女性だと灯台守が話していたことも思い出した。

「グスタボ、この鷺は飾りを持っていません。あなたが見た鷺と本当に同じですか？」ミラベレが尋ねた。

「確かに同じです。間違いありません！」

アーロは老人の声のほうへ視線を向けた。そして、彼が泉の脇で野良ネコたちに餌《えさ》をやり、自分にもパンをくれたやさしい老人であることを思い出した。

「台所から、鷺に何か食べ物を持ってきます」ミラベレが言った。

食べ物と聞いて、アーロの空腹感が震えるほどに高まった。

「ミラベレ、私にやらせてください」と老人は言い、デッキから台所へと下りていった。

「ミラベレ」と呼んだ老人の声を聞いて、アーロは自分の耳を疑うほど驚いた。

やっぱり、彼女がミラベレだった！　とうとうミラベレとめぐり会えたのだ！　アーロは喜びのあまりその場で飛んだり跳ねたりしたかったが、衰弱のせいでそれができなかった。ミラベレは、大きな目でじっとアーロを眺め続けていた。

「あなたがどこから来たのか、どこで月の石を手に入れたのかを私に伝えることができればね……」

アーロは乾いた喉で「クェ、クェ」と鳴いた。

「私に何かを話そうとしているのかしら」ミラベレが訝《いぶか》しそうに微笑んだ。

グスタボが水を入れたボウルと、焼いた肉を皿いっぱいに盛って戻ってきた。その美味《おい》しそうな匂いに、アーロの口が唾《つば》で満たされた。ミラベレが籠の扉を開け、アーロを食卓の前に移した。

「まず食べて、力をつけてから出発しなさい。自分の行くべき所に戻ることができるようにね」

アーロは水をガブガブと飲み、喉の渇きを癒《いや》した。冷たい水が乾いた声帯を濡らした。水がこんなに美味《おい》しいものだと思ったことは、これまでに一度もなかった。

深呼吸をすると、肺の中で空気が自由に流れていくのを感じた。次に、肉を食べはじめた。嘴《くちばし》で砕いてガツガツと食べた。弱った体にようやく力が湧いてくるのを感じ、思考もはっきりしてきた。

故郷へ！　本当の故郷へ戻らなければならない。時間を無駄にする余裕はすでにない。春はそこまで来ている。レモンの島へ急がなければならない。

——私が島で待っていることをミラベレに伝えてほしい。

灯台守の言葉が、アーロの耳の中でこだましていた。

ミラベレは、アーロの食べる様子を見ながらベンチに座っていた。そんなミラベレの前へ飛んでいき、アーロは翼をバタバタと動かした。

「どうしたの？」ミラベレが驚いて腕を上げると、アーロはそこに舞い降りた。

「きっと、あなたにお礼を言いたいのです」グスタボが言った。

アーロはミラベレを見た後に視線を海のほうへ移し、嘴で水平線を示した。

「何を伝えたいの？」ミラベレが目を丸くした。

アーロは足をミラベレの腕の周りに絡《から》め、彼女を空に持ち上げるかのように翼をバタバタと動かし続けた。

「彼は、あなたを海のほうへ連れていきたいんだ。間違いない」グスタボが大声になった。

「言ったでしょう。彼はセバスチャンの住む島からやって来たのです。あなたをそこへ連れていきたいのです」

「そう言いたいの？」ミラベレがアーロに向かって尋ねた。アーロは大きくうなずいた。

「分かりました、分かりました」

ミラベレは初めのうちは少し笑っていたが、すぐに真面目な顔になり、感動した様子でアーロに告げた。

「メッセージを私に運んできてくれてありがとう」

グズグズしてはいられない。これ以上のメッセージを伝えるだけの余裕が今はなかった。レモンの島でアーロの帰りを待つ砂漠の鷲のためにも、旅をすぐにはじめなければならない。ミラベレの肩に止まり、自らの頬をミラベレの頬に寄せた。それが彼からのお礼であり、さようならの挨拶《あいさつ》だった。

しかし同時に、ヤエとの約束を果たせなかったことに心の痛みを感じていた。別れの挨拶をしないで出発しない、と約束したことを思い出し、ヤエに会いたいと思ったが、これ以上の余裕はなかった。

アーロはグスタボにさようならの合図としてうなずき、真っ白な翼を広げて空へと舞い上がった。ミラベレとグスタボが手で耳を押さえなければならないほどの大きな鳴き声を上げた。ステラマリス号がついてくること願いながら、アーロは北へ向かう長い旅をはじめた。

ミラベレは、砂漠の鷲がはるか先の水平線で小さな点になるまで見守っていた。そして彼女は、突然、すべてをはっきりと悟った。自分のするべきことが分かったのだ。そステラマリス号は彼女の家であると同時に、彼女を閉じ込めておく場所でもあったのだ。そこから、自らを解放させるときが今来たのだ、と。

グスタボに向かって、ミラベルは落ち着いた声で言った。

「あなたが正しかったわ。今、私がやるべきことは、この船をあの島へ向かわせることです。どうですか？　あなたもあの島へ行きたいと思いませんか？　レモンの木の下で、もう一度昼寝を楽しんでみませんか？」

グスタボは歯のない口を大きく開き、笑みを浮かべながら敬礼をして答えた。

「はい、ぜひ行きたいと思います。船長殿！」

＊＊＊＊

ヤエは市場のテーブルの上に並べられたカラフルな果物を、よだれの出る思いで見ていた。長い埃《ほこり》っぽい旅の後、空腹を満たすためにさわやかなものが欲しかった。ポケットにはまだ二ポンドがあったが、何を買うかと頭を悩ました。マンゴーが甘そうに熟れ、メロンからは蜜の香りが漂っていた。しかし、どちらも皮を剝かずには食べることができない。熟考《じゅっこう》のうえ、彼女はピンク色をした大きな桃を選んだ。

「これをください」と、桃を一つ手に取って店の人にわたした。

「一つだけ？」売り子は桃を一度秤《はかり》に乗せたが、すぐにヤエに返して言った。

「いや、これはプレゼントしよう」

「ありがとうございます、本当に」売り子の親切さに勇気づけられて、ヤエが尋ねた。

「ステラマリス号という船を探しています。どこで見つけられるか知っていますか？」

「いや、知らないなー。港は市場の向こう側にあるから、そこで聞いてみなさい」

市場を横切り、果物ブースを通りすぎた所にオリーブの瓶を重ねたテーブルがあった。その瓶のうしろから、クシャクシャ髪の男の子が歩いてくるヤエを大きな目で見ていた。

「ステラマリス号という名前の船を知りませんか？」ヤエはテーブルに近づいて、男の子に尋ねた。

「あっ！　それ、あの鳥売りから買ったの？」男の子がヤエの首にある月の石飾りを見て、目を丸くして叫んだ。

「鳥売りから？　いいえ、買ってなんかいないわ」驚いてヤエが答えた。

「じゃあ、どこで手に入れたの？　盗んだの？」

「違うわよ！　友だちのものよ。鳥売りって、何の話をしているの？　これと同じ飾りをどこかで見たの？」

ヤエは矢継ぎ早に質問した。この男の子がミラベレのことを何か知っているかもしれないと思ったからだ。

「鷲を買ってくれた女の人が、その飾りと一緒にお金を払ったんだ」

「鷲？　どの鷲？」ヤエの心臓がドキドキしはじめた。

「密猟者《みつりょうしゃ》たちが捕まえた鷲だよ。体が真っ白な、砂漠の鷲だった」

「砂漠の鷲！」ヤエは喜びの声を上げた。きっとアーロにちがいない。

「僕がその鷲を助けたんだ。僕のために、その女の人が砂漠の鷲の代金を払ってくれたんだ」クシャクシャ髪の男の子が誇らしげに説明した。

「その鷲は私の友だちです。彼を見つけなければなりません。その女の人と鷲は今どこにいるの？」ヤエは焦った。

「まず船に連れていってから、鷲を解放すると言っていた。港へ行ったけど、どの船かは知らない」男の子は肩をすくめた。

「ステラマリス号！　すぐに行かなければ」ヤエは港に向かって走りはじめた。

「砂漠の鷲に、サムエルからよろしく！　と伝えてね」男の子が彼女のうしろから元気よく叫んだ。

「解放する」とサムエルが言った言葉がヤエの耳でこだました。ショルダーバッグを強く握り締めて、ヤエは必死に走った。急がなければならない。アーロが北へ旅発つ前に、どうしても会わなければならない。

　息も切れ切れに、ヤエは港の広場に着いた。港には小さな漁船がたくさん停泊しており、それらの間に、大きな船が錨《いかり》を下ろしていた。ヤエの目に、数本のマストが飛び込んできた。どの船がステラマリス号だろうか？　ヤエは慌てて、広場を歩いていた船乗りを呼び止めた。

「すみません、ステラマリス号という船を探しているのですが……」

「あそこに見える古い船だよ」

男が港の端に停まっている大きな木製の貨物船を指さした。

「でも、急いだほうがいい。ちょうど今、錨を上げるところのようだ」

ヤエが船に向かって再び走りはじめると、足首の鈴が激しくチリンチリンと鳴った。舫《もや》い綱がちょうど解《と》かれるところだった。

「ステラマリス号！　待って！　私も一緒に連れていって！」ヤエは声のかぎりに叫んだ。

デッキにいたミラベレが、船に向かって必死に走ってくる女の子に気付いた。あんなに急いでどうしたのだろうと思ったとき、「ステラマリス号！　待ってください」という叫び声が耳に届いた。

息を切らした女の子がステラマリス号の前に止まった。ミラベレは出港準備を中止させ、橋桁《はしげた》をもう一度下ろすように命じた。

「どうしたのですか？」グスタボが驚いて尋ねた。

「桟橋《さんばし》にいるあの女の子です」ミラベレがヤエを指さした。

「その子がどうかしたのですか？」

「彼女が出航を待つように頼んでいるのです。何か重要なことを知っているのかもしれません」

ミラベレはそう言うとデッキから橋桁《はしげた》のほうへ下りていき、桟橋でホッとした顔で待つ少女の所へ歩み寄った。少女の長くて黒い髪は風でクシャクシャになり、白いシャツが埃《ほこり》まみれになっていた。

ミラベレの視線が、少女の首に下がった月の石飾りで止まった。鳥売りの所から持ってきたのかと一瞬思ったが、よく見ると、自分が長い間持っていた飾りとは別のものであることが分かった。紛れもなくもう一つの月の石、つまりセバスチャンのものだった。

「砂漠の鷲を！」女の子が息を切らして言った。「私は白い砂漠の鷲を探しています」

ミラベレの視線はまだ月の石飾りに集中したままだった。

「その飾りをどこで手に入れたのですか？」

「これは私の友だち、砂漠の鷲のものです」

ヤエは月の石飾りを手の中に強く握りながら、再び言った。

「砂漠の鷲は今どこにいるのですか？　船にいるんですか？」

「鷲は、たった今、空へ飛んでいきました。放してあげたのです」ミラベレが答えた。

少女のわずかな望みが絶望に変わった。悲しみに打ちひしがれてうなだれる少女の肩に、ミラベレが手を置いて言った。

「あれは野生の鳥です。今は、空を自由に飛んでいるでしょう」

「その前に会いたかったんです」ヤエは泣き出しそうだった。

「あなたの名前は？」ミラベレが尋ねた。

「ヤエです」その声はか細いものだった。

「ヤエ、美しい名前ですね。私はミラベレ、ステラマリス号の船長です。しばらくの間、船の中で一緒にココアでも飲みませんか」ミラベレがすすめた。

「砂漠の鷲の体は大丈夫でしたか？」

ミラベレが用意したココアを飲みながら、ヤエが心配そうに尋ねた。

「長い間、目隠しをされていたのでしょう。お腹も空いていたようなので初めのうちはぼんやりしていましたが、健康状態はとくに問題ありませんでした」

ヤエと向かい合って座ったミラベレの視線は、なおも月の石飾りに向けられていた。

「砂漠の鷲がこれを首に掛けていました。でも、密猟者《みつりょうしゃ》たちが彼を捕まえたとき、彼の首からはずれたのです。ステラマリス号の船長がこれと同じ首飾りを持っていると、ベドウィン遊牧民の老人が私に話してくれました。ですから、その船を探しに来ました。これと同じものをあなたが持っているのですか?」

ヤエがミラベレに確かめるように尋ねた。

「つい先ほどまで持っていましたが、今はありません」ミラベレがため息をついて答えた。「その首飾りで、あなたの友だちである鷲の代金を支払ったのです。長い間、それを私は持っていました。ところで、鷲がその首飾りをどこで手に入れたのか知っていますか?」

「知っています。大洋の真ん中に浮かぶ小さな島です」と、ヤエが答えた。

「あなたの砂漠の鷲は、先ほどその島へ向かって旅発ちました」

ミラベレが答えた後に、グスタボが笑顔で付け加えた。

「そうです。自由を取り戻せて大変喜んでいました。今、その島に向かって飛んでいますよ」

「どうしてそうだと分かるのですか？　間違いないのですか？」

ヤエはグスタボに視線を向けた後、再びミラベレを見た。

「鷲は、われわれも一緒に行くことを望んでいたのです。ですから、ステラマリス号もそちらに向かって航海することにしたのです。そうですね、船長」

グスタボがミラベレに同意を求めた。

「そのとおりです」と、ミラベレ船長が答えた。

ヤエの表情が一変した。明るい顔になると、跳ねるようにして椅子から飛び下りてミラベレに抱きついた。

「私も一緒に連れていってください！」ヤエが必死な顔をして頼んだ。

驚いたミラベレは、頭を振ってヤエに答えた。

「それは無理です。あなたはまだ子どもです。船に乗せることはできません」

「どうしてできないのですか？」

「あなたのご両親が何んて言うと思うの？」

「お母さんは、私が友だちを見つけてから戻ることを知っています。彼に、もう一度どうしても会いたいのです。お願いです。私を一緒に連れていってください」

ヤエの懇願が続いた。

デッキの上でミラベレの横に立ち、黒い髪を風になびかせて懇願する少女の姿をグスタボ老人は見ていた。少女の眼差しは子どもらしい望みと熱心さに満ちあふれ、迷いや恐れのない、固い決意を示していた。グスタボがミラベレに向かって言った。

「彼女を見ていて、私は一人の若い女の子を思い出しましたよ。その女の子も、自分のしたいことがはっきりと分かっていたのですが、大きくなるとその意志を失ってしまったようです」

苦笑いをしながら、グスタボは顎髭《あごひげ》をさすった。ミラベレはグスタボに微笑み返すと、仕方がないという表情で、首を大きく上下させて同意のサインを送った。

「分かりました。一緒に行きましょう！」

期待と希望にあふれたヤエの瞳に見つめられ、彼女はこれ以上ヤエの望みを断ることができなかった。

古い灯台――哀愁

灯台守は、船小屋で小ソフィア号にタールを塗っていた。冬の間、その横板にカンナをかけたり磨いたりしたおかげで、船は再び航行可能な姿になっていた。タールが乾けばいつでも海に出せるだろう。

タールが発する強い臭いから少し離れ、新鮮な空気を吸うために灯台守は小屋から外へ出た。風が少しずつ強く吹きはじめていた。北のほうから近づいてくる黒雲を不安げに眺めた。

冬が終わるころの嵐はもっとも破壊力がある。それは、今年も例外ではなさそうだった。動物たちを安全な場所に移動させなければならないが、その前に灯台のライトを灯さなければならない。彼は灯台へ急ぎながら、砂漠の鷲がいつものようにそこで待っていることを期待した。

アーロの帰りを待ちながら、鷲は冬の間ずっとこの島で過ごしていた。昼には海の上で短い距離を飛んだり、島内で小動物の狩りをしたりしていたが、暗くなるころにはいつも灯台に戻っていた。

砂漠の鷲は、もっとも好きな灯台の手摺りの上で翼を風に揺らしながら止まっていた。今日、灯台守はバルコニーのドアを開けるのにひと苦労した。それほど風が強かった。

「強い嵐がやって来るから部屋の中に入りなさい」砂漠の鷲に呼び掛けた。

鷲も危険を感じて素直に部屋の中へ入り、灯台守の肩の上に飛び乗った。突然、灯台の屋根のほうからガチャガチャという大きな音が聞こえ、続いて鉄板がガタガタと鳴った。

「屋根の鉄板がはずれたようだ。嵐が去った後に修理しなければならないな」灯台守がつぶやいた。

彼は灯台にライトを灯すと、モナとビアンサを探しに急いで階段を下りた。嵐の雲がすでに島の上空を覆い、大きな雨粒が地面を叩きはじめていた。彼はモナたちの首にかかった鈴の音に耳を澄ましたが、聞こえるのはヒューヒューと唸《うな》る雨風の音だけだった。

「ヤギたちを探すのを手伝ってくれ」灯台守が砂漠の鷲に頼んだ。

鷲は下り坂をレモンの木のほうへ飛び、灯台守がその後を追って走った。暗い雲が垂れ込めており、前を見るのも難しくなった。息を切らして、レモンの木の下で彼は足を止めた。

「モナ！　ビアンサ！」と叫ぶ灯台守の声に、弱々しく「メー」と答える鳴き声があった。あたりを見わたすと、丘の上に降り注ぐ激しい雨の中に、灰色の形をしたものが一つ見えた。

モナとビアンサはいつも一緒に行動していたが、一頭の姿しか見えない。様子が変だと思ったとき、突然稲妻が光り、一瞬照らされた草のなかにモナの横たわる姿が見えた。ビアンサがその上に屈み、モナの頬をなめていた。灯台守が近づくと、ビアンサが悲しげな顔を上げて彼を見た。モナのお腹がゆっくりと上下していた。

「モナを暖かい部屋の中へ運ぼう」

灯台守が生暖かい老ヤギを持ち上げると、ビアンサが走りながらついて来た。

海上で鳴っていた雷鳴が速いスピードで島に近づいていた。灯台守はびしょ濡れのモナを居間の床に置き、パン焼きのオーブンストーブに火を付けた。その後、雄鶏《おんどり》と雌鳥《めんどり》を庭から中に入れた。部屋の中では、床に丸くなっているモナの横でビアンサが寝ていた。

モナの頭をなでながら、灯台守が苦しそうな様子を見守った。モナの最近の動きを見ていて、もう長くは生きられないだろうという予感があった。朝まではもたないかもしれない。

窓ガラスが割れそうになるほどの強い風が居間の窓を揺すった。この島で多くの嵐を体験してきたが、これほど激しい嵐は彼にとっても初めてだった。

灯台の屋根がガタガタと鳴り続け、風が屋根の鉄板をバラバラにしそうだ。稲妻が走ったかと思うと、すぐに大きな爆音が響いた。灯台守はその音で耳に強い痛みを感じ、家全体が揺れた。

カミナリが家のすぐ近くに落ちたようだ。ビアンサがその音で目を覚ましたが、すぐにまた眠りに落ちた。モナはもう動かなかった。激しく吹き付ける嵐も、モナの深い眠りを邪魔することはできなかった。

灯台守は砂漠の鷲を膝《ひざ》に乗せ、その頭をなでながら肘掛《ひじかけ》椅子に座っていた。そして、一定の間隔で野原を照らす灯台の灯りを窓越しに眺め、その後、居間の温もりのなかで眠る動物たちに目をやった。

長い間、彼はこの島でたった一人の人間として暮らすことに慣れていた。しかし、アーロが小さなボートでやって来てからすべてが変わった。その少年のおかげで、自分がほかの人間と笑ったりしゃべったりすることがどんなに楽しいことであるかを思い出すことができた。それは、彼にとっては本当に懐かしい感覚だった。

幸いにして、砂漠の鷲が彼の相手としてこの冬は島に残ってくれた。彼は人間と同等に信頼できる愛しい友人となった。しかし、アーロが戻ってくれば鷲も去っていくだろう。そんな思いをめぐらしながら再び窓の外へ目をやると、真っ暗だった。灯台のライトが消えていたのだ。

翌朝、嵐が過ぎ去り、雲ひとつない空に春の太陽が輝いていた。しかし外では、絶望的な状況が灯台守を待っていた。灯台の屋根の鉄板が完全に剝《は》がれ、野原のあちこちに飛ばされていた。重い足どりで灯台に上った。彼の代になって、初めて灯台のライトが夜の間に消えたのだ。被害をチェックして、修理をしなければならなかった。

灯台の上にある部屋の損害はさらにひどいものだった。ライトを覆っているガラスドームがバラバラになっていた。長い年月の間に脆《もろ》くなった屋根の石膏《せっこう》が壊れ、ガラスドームの上にその塊が落ちていた。残ったライトも雨水に浸かっていた。このひどいありさまを見て、もはや修理は不可能だと灯台守は確信した。

何百年もの間、嵐や大雨のときにも勇ましく灯台は立ち続け、航海する船舶を安全なルートへと導いてきた。しかし、その役目が今終わり、孤独な灯台守セバスチャンの使命も終わるときが来たようだ。

深いため息をついて、青緑色の海が春の太陽のもとで輝く様子を灯台守は窓から見ていた。水平線の向こうの、遠い国の誘いに答える時期なのかもしれない。島を離れるときが来たのかもしれないと思いながら、海を眺めていた。

部屋の隅に置かれた古いトランクのほうへ歩み寄った。蓋《ふた》が水で濡れていたが、中は無事なようだった。望遠鏡を取り出して、壊れていないことを確かめるとバルコニーへと進んだ。望遠鏡を目に当て、すべての方角を見わたした。ミラベレとの約束を果たすために、長い間彼はこうして毎日、朝と夜に船の監視を続けてきた。しかし、どの方角にも船を見ることがなかった。もう何年もそうだった……。

――私は何とまぬけな奴だろうか、彼女が戻ってくるはずがないのに……。

数十年も、同じことを自らに言い聞かせてきた。ある日突然、彼女が現れたらいったい何を言えばいいのだろう。彼は孤独な薄笑いを浮かべた。

——自分はいまだに同じことを繰り返している。これが習慣となり、生活の一部となってしまった。

モナは嵐の夜に亡くなった。埋葬場所として、灯台守はレモン園を選んだ。坂の途中に立つ一本の木が二つに裂かれていた。よく見ると、焼かれた半分ずつが地面に横たわっていた。昨夜、カミナリが落ちた所だ。

坂をさらに上り、お墓に適切な場所を探した。そして丘の上、茂ったオリーブの木の下に埋葬することを決めた。そこからは、遠くまで広がる海の景色が広がっていた。灯台守は木の下に穴を掘りながら、「このレモンの木の陰で安らかに休んで」とつぶやいた。

モナの体を穴の底に下ろし、穴を埋めるとき、ビアンサが悲しそうに頭《こうべ》を垂れた。墓の土が盛られると、ビアンサはその上に体を丸くして横たわった。

灯台守がレモンの木から一つの枝を折り、そこに付いた薄い白色のつぼみの香りを嗅いだ。香りはまだなかったが、いつ咲きはじめてもおかしくない状態だった。

「アーロは花の咲く前に戻ってくるのだろうか？」木の枝に止まっている砂漠の鷲に、灯台守は不安げに問い掛けた。

鷲は以前よりも透き通るほど薄い色に見えたが、それは春の陽差しの眩しさのせいかもしれない。アーロが今にも現れるのを待つかのように、鷲は落ち着いた様子で南の方角を眺めていた。

「約束どおり帰ってくることを、お前も信じているようだね」

灯台守はお墓の前にひざまづき、オリーブの枝をその上に乗せた。ビアンサが彼にピッタリと寄り沿っていた。

＊＊＊＊

「自由だ！　僕は野生の鳥のように自由だ！」

再び海の上を飛べるようになったことでアーロは幸せだった。軽やかに飛べる自由と、重さを感じない感覚は最高だった。そして、何にも増して、陽光を受けて青々と輝く海は信じられないほど美しかった。

アーロは、漁師の村で岩の上から眺めた海の景色を思い出していた。秋風に吹かれながら空を飛んで海を渡る夢を見たこと、真っ白な砂漠の鷲に初めて出会ったときのことなどが頭に蘇った。あのときから、もう長い年月が経ったような感じがした。

小さな籠に長い間座っていたため、飛びはじめてすぐは、翼を動かすたびに首と肩に強い痛みを覚えた。しかし、翼を上下に伸ばしたりしているうちにそれも少しずつ消えていった。ステラマリス号が本当に自分の後を付いて来ているのかを確かめたかったが、ミラベレの表情に、愛する人にまた会いたいという意志が表れていたことを確信している。

灯台守の名前がセバスチャンであることも分かった。ミラベレが島に到着したら、セバスチャンはどんな表情を見せるのだろうか。強い興味を感じながら、アーロは二人が再会する様子のことを考えていた。

風が北から南へ吹いていたので、アーロは風に向かって飛ばなければならなかった。籠の中で過ごしていたため筋肉の力が弱くなっている。長く飛ばないうちに疲れを感じはじめた。先はまだ長い、島まで飛んでいけるだろうか。

「風と闘わないで、風に乗っていきなさい」

灯台守の言葉を思い出した。しかし、もし自分が今風に乗ってしまったなら南へ戻ってしまうことになる。灯台守の言葉は、いったいどういう意味だったのだろうか？

前方の海上に濃い色をしたスポットが見えた。かつて父と魚釣りに行ったとき、クジラを見たことがあった。それは小さな島ほどの大きさで、その背中から水が高く吹き上がっていた。今、自分の目の前に見えるものがクジラだということが分かった。クジラは北の方角へと進んでいた。

突然、アーロは閃《ひらめ》いた。灯台守が言いたかったことはそういうことだったのか。与えられたすべてのチャンスを生かすべきだ。クジラの黒い背中に降り立つと、アーロは疲れた翼を満足そうに休めた。新しい乗客を気にする様子もなく、クジラは悠々と旅を続けた。

遠くからだとクジラの泳ぐスピードは遅く見えたが、背中に乗っていると非常に速いことが分かった。大きな船のように、クジラは水をかき分けながら、泡立つ波をうしろに残して進んでいった。

翼を休ませながら、アーロは近づく春と太陽の暖かさを楽しんでいた。目を閉じると、ヤエの微笑む顔が浮かんだ。さよならをしないで出発しないと約束したから、ヤエはきっと心配しているだろう。自分が大丈夫ということをヤエに伝えたかった。

もちろん、ほかにも伝えたいことが山ほどある。家に着いたらヤエに手紙を書いて、すべてを打ち明けよう。自分が本当は鷲でなく、ヤエと同じ年齢の男の子であることを。

ヤエはきっと驚くだろう。しかし、ヤエはそのことに薄々気付いていたような気もした。いつも、友だちにしゃべりかけるように自分に話してきたからだ。ヤエはきっと、鷲の体の中に人間の魂を見付けていたにちがいない。

突然、クジラの背中から水柱が高く上がり、のどかな静けさが破られた。水が周りに飛び散った。やっとのことで、アーロはこの強いシャワーを避けることができた。クジラが沈む準備をはじめたので、アーロはそこから離れることにした。

太陽が沈みはじめ、一番星が現れた。遠く前方に北極星が輝き、アーロに方角を示してくれた。しかし、片方の空には雲が集まりはじめていた。雲が増えれば星が見えなくなる。頭の中で島の近くまで来ていると計算していたアーロは、雲のことをあまり心配していなかった。

ちょうど今ごろは灯台守が灯台に上り、暗い海を照らすためのライトを付けている時間だろう。その灯りを頼りに飛んでいけば、目的地に着けると考えていた。

春に向かって——ミラベレの回想

ようやく、外洋を見ることができた。ヤエが情熱的に見つめる四方には、果てしない大海原が広がっていた。ステラマリス号はすでに三日も航海を続けているが、彼女は海を見飽きることがなかった。一日じゅう変化を続ける海の色、朝は銀白色に輝き、昼に青緑色となって、夕暮れ時は柔らかいパステル色に染まった。ヤエはこの感動深い海洋の景色のなかで、そばにアーロがいないことを寂しく思っていた。

ミラベレが階段を上って、デッキに佇《たたず》むヤエの隣にやって来た。

「今が、海の一日でもっとも素晴らしい時間です。ちょうど太陽が沈む前、すべてが美しく、柔らかい色で満たされる平和なときだから」と、彼女は言った。

「砂漠でもそうです」

ヤエがミラベレの言葉に刺激されて話しはじめた。

「母と毎日ベランダで座り、一日の終わり、陽が沈むのを眺めていました。そのとき、周りのすべてが金色に変わります」

「素晴らしい光景でしょうね。いつかぜひ、私もその光景を見たいものだわ」ミラベレが水平線を見ながら言った。「私は世界の海を旅して多くの港を見てきたけれど、砂漠にはまだ一度も行ったことがないの」

隣にいる謎めいた船長をヤエが見た。港から出航したとき、彼女は船長らしい上品な革の帽子を被っていたが、今は帽子を取っており、長い茶色の髪がうなじのところで結ばれていた。

ヤエは半分に分けられた月の石のことを考えていた。その物語はどういうものだったのだろうか？　これまで、何度もそのストーリーを勝手に想像してきたが、

本当の話を聞くチャンスがついに来たと思った。

「この首飾りについてのお話を聞かせてもらえませんか？」

ヤエは自分の首に掛けられている月の石飾りを持ち上げて尋ねた。

「それを見せてもらえる？」ミラベレが頼んだ。

ヤエは飾りを首からはずし、ミラベレの手のひらに置いた。

「ところで、あなたはいくつになったの？」

「ちょうど一三歳になりました」

「私がセバスチャンに出会ったときは一七歳でした。そのとき、ひと夏を過ごした大洋の真ん中にある小さな島で、彼は灯台守を務めていました。風のなかで、強く生命力にあふれて立っている彼の姿を見た瞬間、私はひと目惚れをしたのです。その夏が、私の人生のなかでもっとも幸せなときでした」

ミラベレは、手のひらにある月の石を見つめながら続けた。

「島を出るとき、セバスチャンが私の父にお願いしました。私を島に残して妻にさせてほしい、と。しかし、父は許しませんでした」

「なぜ、許してくれなかったのですか？　あなたたちは愛し合っていたのでしょ？」

ヤエが言った。

「母が亡くなって一年しか経っていなかったの。だから、父は私まで失いたくなかったのです」ミラベレは言った。「月の石の話をするべきね」

ミラベレはかすかに輝く月の石を、水平線に浮かぶ月の光に当てた。

「灯台守の話によると、大昔、月から海に落ちてきた月の石の塊がバラバラに割れたと言うの。そして、何千年もの間に、その欠片《かけら》を波が洗って丸く滑らかに磨いたの。昼の間、これは普通の石にしか見えないけど、このように月の光が当たると白く輝くのよ」

「知っています。その光が私を砂漠で救ってくれました」

ヤエは、闇のなかで吠えていたジャッカルのことを思い出して体がブルッと震えた。

「出発の前夜、私は島に戻ることをセバスチャンに約束しました。陽が沈んだ後、二人で月光に照らされた岸辺を歩いたときにこの石を見付けたのです。水際で明るい星のように輝いたので、遠くからでもすぐに見付かりました。それはとても美しく、丸くて滑らかでした」ミラベレが飾りをなでながら言った。

「セバスチャンは、その石から二つの飾りをつくることにしたの。ロウソクの光の下で、彼は一晩中作業をしました。石を二つに切断して、それぞれの周りにこのような網を銀の糸で編みました。その途中で、私は小屋の隅にあるベンチで眠ってしまいました。明け方、飾りをつくり終えた彼が私を起こしました。私たちは日の出を見るために灯台へ上り、セバスチャンが私に約束をしました。

『毎日、朝晩ここに立って、あなたの船が来るまで近くを通る船を見張ります』

そして、一つの飾りを私の首に、もう一つを自分の首に掛けて言いました。

『この飾りは、私たちが再会する日までお互いのことを忘れないためのものです』

しばらくの間、ミラベルは口を閉ざした。

「島を出た後の航海で、父はその島の近くを通る航路を決して選ばなかったわ。ステラマリス号は港から港へ航海し、私は船や航海に関するあらゆることを学びましたが、私たちのルートは南から北へ行くことがなかったの。それが、父の残酷さではなく恐れによるものだったと理解するまでに長い年月がかかりました。父は、孤独を恐れていたのです。そして、私が大人になって旅立とうとしたとき、父が病気になったの。私は、父を一人残して行くことができなかった。父の病気は何年も続き、亡くなったとき、ステラマリス号を私が受け継いで船長になったのです」

「どうして、その時点で島に戻らなかったのですか?」ヤエは不思議に思った。

「そのとき、すべてがあまりにも遠い昔のことに思えました。セバスチャンはもう私を待っていないだろう、私のことを忘れてしまったと考えるようになったのです」

「でも、彼は待つと約束したのでしょ」

「そう。でも、すべての約束が守られるとはかぎらないわ。守れない約束もあるのです。人生とはそういうものです」

「知っています」と、ヤエは言った。

「次の港で幸せを見つけるかもしれない、といつも考えていました。しかし、長い年月の末に、私の幸せはすでにあの島の、あの夏の日にあったのだということがようやく分かりました。大きな過ちを犯してしまいましたが、それを正すのはまだ遅くないかもしれません」

「彼は、今もあなたを待っていると思います」

月の石の物語が幸福な結末になって欲しいと願っているヤエは、期待を込めて言った。

「私もそれを願っています。彼が私を探すために砂漠の鷲を島から送ったと、グスタボは信じています」ミラベレが少し微笑んで言った。

「そうかもしれませんね」ヤエが肩をすくめた。「そして、雨風が彼を私の所に運んだんです。彼は普通の鷲ではありません。本当は、鷲ではないのかもしれません。ほかの人には分からないでしょうが、私はそうだとはっきり確信しています」

ヤエは、目を輝かせながら説明した。

「彼は特別で、人間のように私が話すことを理解しました。私たちが友だちになれるよう、雨と風が彼を私の所に送ってくれたのです」ヤエの言葉は確信にあふれていた。

ミラベレはヤエを感嘆《かんたん》の眼差しで見つめた。彼女があまりにも信心深い女の子だと感じたからだ。そして、ヤエの腕をなでながら微笑んで付け加えた。

「そうすると、その鷲には二つの役目があるのかもしれませんね。あなたと私の二人を幸せにするという」

グスタボが、階段をやっとの思いでデッキまで上ってきた。腰が痛み、動くことさえ大変だったが、いっときだけでも夕陽の下に座りたかった。自分にとっては最後となるかもしれないこの航海を、終わりまで楽しみたかったのだ。

彼はミラベレとヤエがデッキで話す様子を見て、満足げに深呼吸をした。少女のときの気持ちを取り戻すことができたミラベレに、人生における最高の瞬間が訪れようとしている。

「私は操舵室《そうだしつ》へ戻ります。船がもうすぐ島に近づくと思うので」

ミラベレが立ち上がって言った。彼女と入れ替わって、グスタボがヤエの隣に座った。

「本当に、あなたは勇気がありますね」グスタボがヤエに向かって言った。「でも、旅に出てよかったと思います。人生には、時として余計なことを考えることなく行動すべきときがあります。大人になってからも、その心構えをもつことを約束できますか？」

「約束します」と、ヤエは老人に微笑みながら答えた。

「砂漠の鷲にどうしても会いたいという理由を聞かせてくれませんか？」グスタボが尋ねた。

ヤエは、ショートパンツのポケットからお守りを取り出してグスタボに見せた。ハムサの飾りと小さな鈴が付いた手編みのお守りだった。

「砂漠の鷲が北へ旅立つ前に、これを彼にあげるつもりでした。でも、間に合わなかった……」ヤエが飾りをなでながら言った。「自分でつくったんです」

「よくできている。それに、とても美しい」

「もし間に合っていたなら、彼は密猟者《みつりょうしゃ》たちに捕まることがなかったかもしれません」

「そうかもしれないが、幸いにして、彼には助けてくれた友だちがいました。だから、彼も空を自由に飛べる島に戻ることができた。今も、島に向かって飛んでいます。もしかすると、すでに島に到着しているかもしれない」

お守りをポケットに戻しながらヤエが言った。

「島で私を見たら、きっとびっくりするでしょうね」


ミラベレが操舵室に入っていった。そこでは、テーブルに広げた大きな地図を一等航海士がにらんでいた。

「船長！」一等航海士が背筋を伸ばし、帽子の横へ手を上げて敬礼の挨拶《あいさつ》をした。

「アンデルソン一等航海士、われわれは今どのあたりにいるのですか？」ミラベレが尋ねた。

「この海域に近づくところです」

彼は、地図の上に一つの円を描いた。その円の中には、多くの暗礁《あんしょう》の印があった。

「見張りを二名置いて、スピードを落とすように」

指示を下した後、ミラベレは地図の上に身をかがめた。彼らの目的地、大洋の真ん中の小さな島は暗礁のなかの小さな点でしかなかった。

「西側からカーブして、島を回らなければなりません。北岸に穏やかな入り江があり、島の港はそこにあります」

彼女は、窓から薄暗くなった外を見つめた。

「暗くなる前に灯台のライトが見えるはずです」彼女は安堵《あんど》の表情で言った。「もう近いと思います」

ミラベレは外へ出て、舳先《へさき》に向かって歩いていった。月の石を握るために自分の胸に手をやったが、すぐにその手を下ろした。月の石を手放したことを思い出したのだ。そして、無意識に手を胸にやる習慣を続けている自らを笑った。

月の石は、再会するまでの間、お互いを忘れないためのものである。その再会がもうすぐ実現するかもしれない。セバスチャンは、ちょうどこの時間に灯台のライトを灯すはずだ。灯台は間もなく目の前に現れ、セバスチャンは望遠鏡で自分を発見することだろう。

太陽が海に落ち、空に集まった雲が月を隠した。東からの風が強くなり、大きな波が船の側壁を殴るように打ち付けはじめた。ミラベレは不安を感じ、操舵室《そうだしつ》に戻った。

「どうなっているのですか？　灯台の光がもう見えているはずです」彼女が言った。

「もしかすると、灯台はもう活動していないのかもしれません」

一等航海士アンデルソンの言葉に、船長は納得しなかった。

「船を停めて、ここに錨《いかり》を下ろしましょう。明朝、先へ進むことにして……」

一等航海士が神妙に提案したが、船長は同意しなかった。

「風が強すぎて、今停めるのは危険です。島の西のほうから北の入り江へ向かい、地図とコンパスを頼りに先へ進むしかありません」

＊＊＊＊

海上が薄暗くなった。それが、灯台のライトを灯す合図だった。

「一緒においで！」灯台守がビアンサを誘った。モナが死んだ後、ビアンサはどこにでも忠実に付いていった。灯台の重い木製のドアを開けると、ビアンサは素早く中へ飛び込み、元気よく階段を上った。ヤギのベルの音が螺旋《らせん》階段に響いた。

灯台守は自嘲的《じちょうてき》な笑いを浮かべた。ライトの付かない灯台に上ることをいまだに続けている自分がみじめだった。日の出や日の入りの時間に灯台の上で過ごすことが、長い間、彼にとっては最高の時間だった。その時間こそが、彼の人生に意義を与えていたのだ。

灯台守は、壊れたライトの横を通って櫃《ひつ》のほうに歩いた。蓋を上げ、望遠鏡を取り出すとバルコニーに進んだ。

砂漠の鷲が、バルコニーの手摺りの上で彼を待っていた。暗くなる空を背景に鷲があまりにも青ざめていたので、彼はすぐに気付くことができなかった。灯台守は鷲の背中をやさしくなでた。アーロがすぐに戻らなければ、砂漠の鷲は完全に消滅してしまうことになる。

「大丈夫かい?」灯台守の問い掛けに、鷲がゆっくりとうなずいた。

「彼が間に合うと信じよう。夜の涼しさが続くとレモンの花が咲くのも遅くなる。まだ二日くらいの猶予《ゆうよ》が残されている」

望遠鏡を目に当てて、灯台守はバルコニーを回りはじめた。北の方角へ目をやると、そこには古い木製の桟橋《さんばし》があった。船から島への上陸は、そこからしかできない。次に東へ、その後、島越しに南をのぞいた。

ゆっくりとバルコニーを一周し、目線を西から北へ移そうとしたとき、彼は北西の海上に濃い色の影を見つけた。ほとんど暗くなっていたので、はっきりと確認することができなかった。望遠鏡を両手で握り直した。水平線に黒い外形しか見えないが、それが船であることは間違いなかった。そして、その船は島のほうに向かって進んでいた！

まさか！　望遠鏡が手から落ちるかと思うほど灯台守の心臓が高鳴った。もう一度確認するために、再び望遠鏡をのぞき込んだ。船はまだ遠方にいたが、大きな船であることが分かった。しかし、夕闇のなかでそれ以上はっきりと見ることができない。

頬が熱くなり、息使いが荒くなるなかで、灯台守は落ち着きを取り戻そうと必死に努めた。

「あれが自分の待っている船とはかぎらない。ほかの船かもしれない」と、自らに言い聞かせた。

こんなときに灯台のライトが作動しないなんて！　それがステラマリス号かどうかにかかわらず、どんな船であっても、島の入り江に入るための助けが必要であることは明らかだった。

「あそこに船がいる！　それを北の入り江に導かなければならない」

風のなかで、彼は砂漠の鷲に向かって叫んだ。

「船小屋に松明《たいまつ》を取りに行き、それで岸と桟橋《さんばし》を照らそう。船はまだあの半島の先を回らなければならない。しかし、もし半島に近づきすぎるとオオタカの岩場で暗礁《あんしょう》に衝突してしまう。船が安全に入り江に入ることができるよう、彼らを導いてくれ！」

砂漠の鷲が同意の鳴き声を上げて飛び立った。

灯台から転がり下りるようにして、長い間必要としなかった松明《たいまつ》を見つけるために灯台守は船着場へと全速力で走っていった。

＊＊＊

椅子から跳ね上がり、ヤエはデッキの端へと走った。

「見て！　あそこに島があります！」水面の上に暗く盛り上がって見える小さな島を

指さした。「あれがその灯台の島ですか?」

「そうですとも」グスタボが微笑みながら嬉しそうにうなずいた。

「でも、灯台が見えません。ライトが見えるはずではないのですか?」ヤエが不審そうに尋ねた。

「そのはずですが……」グスタボも変だと感じはじめた。

強い風が船を揺らし、倒れそうになったヤエは急いで手摺りをつかんだ。グスタボがヤエのそばへ行き、彼女の肩を手で支えた。

「島の北側に着くまで、デッキから下りたほうがよさそうです」

岸近く、海から立ち上がる鋭い岩を心配そうに見ながら彼が言った。

空を流れる雲が少しの間月の前から消え、月の光が現れた。首で光る月の石にヤエは手をやった。

「この石が幸運をもたらし、私たちを安全に目的地まで導いてくれます」

彼女は確信するように言った。そのとき、暗い空から弱い声が聞こえてきた。ヤエは弾かれた弓の弦のように、身動きできずにその場に立ち尽くした。

「クリーク、クリーク」

それは鷲の鳴き声だったが、彼女が慣れ親しんだ強くて逞しい声ではなく、小さくて弱々しいものだった。

「今の声を聞きましたか？」ヤエは空を見上げたが、何も見えなかった。

「確かに何かが聞こえた」とグスタボ老人がつぶやいて、弱くなった自らの聴覚を集中させた。

突然、翼のヒューッという音がして、淡い色の翼をもった鷲が二人の眼前に現れた。暗い空を背景に鷲の外形が見えたが、その体越しに空が透けて見えていた。鷲が翼を動かすとその姿が薄白く現れたが、翼を下げると見えなくなるほどに霞んだ。

「幽霊だ！　鷲のお化けだ！」グスタボ老人が目をグルグルさせて叫んだ。

このような生き物を、これまでに一度も見たことがながった。自分のつくり話のなかでさえ登場しなかった。ヤエはグスタボ老人の腕にしっかりとつかまった。不吉な考えが彼女の頭をよぎった。アーロが死んで、その魂が自分の前に現れたのか……。

しかし彼女は、この砂漠の鷲の外形を見て、自分の友だちでないと確信した。鷲の濃い色の目がしばらくの間ヤエを見つめたが、彼女が知っている視線でないことにもすぐ気付いた。ヤエはほっ、、とし《ヽヽ》て首を振った。

「あれは私の友だちではありません。別の鷲です」

鷲は手摺りに下りると、北の方角を示すように頭をピクピクと動かした。

「何を知らせたいのだろう？」グスタボ老人が不思議そうに言った。

鷲は北の方角へ少し飛んでから、また手摺りに下りてきた。

「私たちを助けに来たのです」ヤエが言った。

鷲がうなずいた。

「船を安全な所に導きたいのです」ヤエは自分の腕を鷲にすすめた。

「船長に伝えに行きましょう」鷲を腕に乗せたまま、ヤエは操舵室《そうだしつ》へと走った。


ミラベレは不安な気持ちで島の西岸を眺めていた。そこでは、暗い波が絶え間なく岸の岩にぶつかっていた。

「半島の先を、もっと離れた所から迂回しなければなりません」彼女が指示を出した。

「海流が船を岩のほうへ引っ張っていきます！」

一等航海士のアンデルソンが叫び、舵を必死に切ろうとしていた。ミラベレが航海士を手伝い、船を岸から離れた方角へと動かした。

「もう、一メートル先も見えません」アンデルソン一等航海士が操舵室の窓越に暗闇を見ながら言った。

「分かっています。入り江はそれほど遠くないはずです」ミラベレの声は落ち着いていた。

事実、島までの距離はそれほど長くなかったが、入り江に近づく最後の場所がもっとも危険だった。しかし、乗務員を安心させて船をコントロールするため、船長には落ち着いた態度を見せる必要があった。

「船長！」ヤエが腕に鷲を乗せて操舵室に入ってきた。ミラベレとアンデルソンは幽霊のような青白い鷲を見て、驚いた表情になった。二人の眼前で腕を高く上げたヤエが、鷲越しに微笑んだ。

「それは何ですか？」ミラベレが不審そうに尋ねた。

「この鷲は、私たちを助けるために飛んできました。暗礁《あんしょう》を避けて、無事に島にたどり着けるように案内してくれます」と答えてデッキに戻り、鷲を飛ばすために彼女は再び腕を上げた。

アンデルソンは、操舵室から窓の前を飛ぶ生き物をまるで幻を見るかのような目で追った。鷲の翼の動きに沿って、柔らかな光の線が残った。

「あの鷲に付いていきましょう」ミラベレが指示を出した。

アンデルソンは舵を握り直すと、緊張した面持ちで鷲の動きに合わせて舵を切った。すべての暗礁《あんしょう》を避けながら船がゆっくりと進んだ。

「あれは海の精です。船を守る精霊だ」アンデルソンが熱狂的に叫んだ。

突然、海が穏やかになった。北の入り江に到達したのだ。ステラマリス号は松明《たいまつ》に照らされた岸へゆっくりと滑るように向かった。スクリューのうしろで泡立つ船跡の音が聞こえるほどの静けさがそこにあった。ミラベレは舳先《へさき》へと走った。古い木製の桟橋《さんばし》が、前と同じ場所で、柱に灯る松明《たいまつ》の明かりのなかに浮かんでいた。

桟橋の上に立つ背の高い男の顔ははっきりと見えないが、その落ち着いた姿勢を見て、誰なのかが彼女には遠くからでもはっきりと確認することができた。

彼らは岸の近くに錨《いかり》を下ろして、小さなボートに移った。グスタボが桟橋《さんばし》に向かってゆっくりと漕《こ》ぎ、ヤエが舳先《へさき》に、ミラベレが桟橋に顔を向けながら船尾《せんび》に座った。オールのきしむ音が、穏やかな入り江の静けさを破った。

「見て！　桟橋に男の人が立っている。彼がセバスチャンですか？」ヤエが叫んだ。

松明の明かりで男の顔が見えた。記憶どおりのハンサムで、骨格のはっきりとした容貌《ようぼう》だった。

「そうです」ミラベレはあふれ出る喜びの涙をこらえた。

セバスチャンは待っていた。これまで長い年月を待っていたが、今ボートが桟橋に着くまでの時間が、これまででもっとも長い時間のように感じられた。ミラベレに多くのことを伝えたかった。長い歳月の間、彼の頭の中をめぐっていた思い出と、夢のすべてを言葉で伝えたかった。

しかし今、彼はそれを実行することができないでいた。口からは何一つ言葉が出ず、ただ大きく広げた腕の中でミラベレをじっと抱きしめるだけだった。

ヤエは感動しながら灯台守とミラベレの姿を見ていたが、ふと不思議な感じがした。長い年月が経った今、互いに多くのことを話し合いたいはずなのに、二人はただ松明の明かりのもとで言葉を交わすこともなく抱き合っているだけだった。

ヤエは灯台守にアーロのことについて聞きたかったが、彼が自分に気付くまでおとなしく待つことにした。灯台守のうしろから、小さなヤギがヤエを大きな目で見ていた。ヤエはその横にかがんで頭をなでた。

「よしよし！　私はヤエ。あなたは誰？」

ヤギは頭をヤエの手に押し当てながら、嬉しそうに「メェー」と鳴いた。「まあ、何て可愛いんでしょう！」ヤエは思わず微笑んだ。

「そのヤギはビアンサと言います。すでに、あなたのことが好きになったようですね」

ようやくミラベレを腕から放したセバスチャンが、ヤエに向かって答えた。

「私はセバスチャンです」ヤエに手を伸ばして自己紹介をすると、「あなたの娘ですか？」と、今度はミラベレに向かって尋ねた。

「いいえ、違います」ミラベレが笑って答え、「私はまだ独りです。いえ、今は完全に一人ではありません。グスタボを覚えていますか？」と、ボートを柱に結ぶために桟橋《さんばし》に残っていたグスタボを指さした。髪が白くなり、背中は曲がっていたが、島のひと夏を一緒に過ごした船乗りのことを彼はよく覚えていた。

「私は、砂漠の村から来たヤエです」

セバスチャンの大きな手を握りながらヤエが挨拶《あいさつ》をした。

「私の友だちである砂漠の鷲を探すためにここへ来ました。彼はあの鷲と同じくらい白い翼をもった鷲ですが、ここにいますか？　あの鷲は彼ではありません」

ヤエが桟橋《さんばし》の手摺りに下り立った透き通るような色の白い鷲を指さしながら、自分の説明が唐突すぎると思いながら、もどかしそうに尋ねた。セバスチャンが頭を振った。

「彼はまだだが、すぐに戻って来るはずです」

「それでは、白い鷲が二羽いるのですか？」ヤエが不思議そうに尋ねた。

「答えは、『はい』でもあり『いいえ』でもあります。説明すると長い話になるから、君の友だちが到着するまで、その驚きはそのままにしておこう」

セバスチャンが謎めいた返答をした。セバスチャンはヤエの首に掛かっている月の石飾りに気付き、「それは、君の友だちからもらったものかい？」と尋ねた。

「ええ、彼が落としたので私が預かっています。でも、これはおそらくあなたのものですね」と言って、ヤエが首飾りをはずそうとすると、セバスチャンはヤエを制止した。

「それは、もう私のものではない。君の友だちにプレゼントしたんだ。彼が戻ってくるまで君が付けているといい。その飾りは、すでに私が求めていたすべての幸せをもたらしてくれた」

そう言うと、セバスチャンは再びミラベレを自分の腕の中で強く抱きしめた。

「鷲は船より早く飛べるのではないですか？」ヤェが尋ねた。「ステラマリス号より早く出発したなら、もう到着していてもいいはずなのに……」

「風の向きにもよるよ。向かい風だったら時間は余計にかかる。われわれも、彼の帰りを待っているんだ」

彼らは灯台のほうへ歩いていった。セバスチャンが松明《たいまつ》で道を照らし、ミラベレとヤエが彼のうしろに付いた。ビアンサは、セバスチャンではなくヤエにぴったりとくっついていた。ヤエの足の周りをジャンプし、それをヤエが見たり触ったりするたびにビアンサは嬉しそうに「メェー」と鳴いた。

夕食の後、ミラベレとセバスチャンは以前のように岸辺まで夜の散歩に出掛けた。ヤエは、セバスチャンが用意した居間の木製ベッドに寝ていた。柔らかいロウソクの光が居間を照らし、布団の中で味合う気分はさわやかなものだった。セバスチャンが言った「驚き」という言葉が、ヤエの心を揺さぶった。

彼女は窓の向こうに広がる暗闇を見つめていた。夜、海はきっと真っ暗で恐ろしいものなんだろう。アーロは、そのなかを独りで飛ばなければならない。

——旅の途中に、何か恐ろしいことが起きたのかもしれない。もうこれきり会えなくなってしまうのではないだろうか？

ヤエの胸に期待と不安が押し寄せたが、旅の疲れと緊張で次第に深い眠りへと落ちていった。


松明はまだ燃えていた。その明かりが水面《みなも》に揺れ、岸辺を温かく照らした。

「私を許してくださいますか？」水際を裸足で歩きながら、ミラベレがセバスチャンに尋ねた。

「すべてを、すべてを許します」セバスチャンが微笑みながら答えた。

「あなたは約束どおり私を待っていてくださった。でも、私は約束を守れなかった」

ミラベレが悲しそうな顔をした。

「いや、守ってくれたではないですか。今、戻ってきたのですから」

「そうですが……もっと早くに戻るべきでした」

「もはや、それは問題ではありません。私たち二人には、これからの未来が待っています。もう、過去を悔やむ必要はありません」

セバスチャンが彼女を強く抱きしめて言った。灯台が立つ岩のような男、ミラベレは彼を頼もしく思った。落ち着いて確固たる意志があり、辛抱強い男。セバスチャンはいつでも信頼に足りる男だと、ミラベレは心から嬉しく思った。

「暖かい夜になりそうです」セバスチャンが心配そうに言った。

「それは、何か悪いことですか？」ミラベレが尋ねた。

「そうです。レモンの木が明日にでも花を咲かせそうだからです。白い鷺がまだ戻っていないのに……」

＊＊＊＊

雲が流れ月が見えなくなり、空が暗くなった。北に進まなければならない。しかし、北極星が見えなくなっていた。暗闇のなかで、アーロの方向感覚は乱れてしまった。今までと同じ方角へ真っすぐ飛ぶように努めていたが、何か変だとアーロは思いはじめていた。

すでに、灯台のライトが見える位置に来ているはずだった。距離を間違って計算したのか、それとも方角を誤ったのだろうか？　あるいは、島を通り越してしまったのだろうか……。彼は困惑していた。どうするべきか、先へ進むか、それともうしろへ戻るべきか、と。

首や肩を絶え間なく鈍痛《どんつう》が襲った。どこか、しばらくだけでも翼を休める場所があれば……。島の周りは暗礁《あんしょう》でいっぱいのはずだ。しかし、眼下には暗い海しか見えなかった。島の姿がどこにも見えない。灯台のライトも見えない。灯台守はもう島を離れてしまったのだろうか。もしかすると、時間の計算も間違って、島にはもう春が来ているのかもしれない。

〝さもなければ、われわれは二人とも破滅することになるでしょう〟

砂漠の鷲の警告が思い出された。アーロの体に冷たい戦慄《せんりつ》が走った。このままでは、自分が永遠に鷲のままでいることになる！

——いやだ、人間の少年に戻りたい！　漁師の村に帰って父と母に会いたい！

疲れ果てたアーロの頬に涙が川のように流れた。全力で翼を動かそうとした。最後まで耐えなければ、頑張らなければ、と自分に言い聞かせ続けた。しかし、どこまで耐えなければならないのか？　島はいったいどこにあるのか？

何を考え、どのように行動すればよいのかまったく分からなくなった。頭の中が混乱し、漆黒《しっこく》の絶望が全身に覆い被さるのを感じた。翼を上げることもできなくなり、少しずつ下へ下へと下がっていった。体の中から、残ったすべての力が失われていくようだった。

——もうダメだ！

朦朧《もうろう》とする意識のなかで、彼は背後から強い風の流れが近づくのを感じた。大きな金切り声が闇を切り裂いた。驚いたアーロの意識が少し戻ったとき、大きな黒いものが彼の体の下に潜り込んだ。その直後、彼の体はその背中に乗せられていた。

アーロは涙に濡れた頰をその黒い羽根に押し当てた。オオタカ!?　薄れる意識のなかで、アーロは卵を守っていた暗礁《あんしょう》の上にいたオオタカを思い出した。

満開のレモン――変身

朝、ヤエが目を覚ますとレモンの香りが鼻をくすぐった。居間は静かで、ミラベレとセバスチャンはまだ寝ているようだった。春の柔らかい陽差しが窓に当たっていた。ちょうど日の出の時間だった。

ヤエは居間のドアを静かに閉めると、レモンの木立ちに向かって走り出した。枝の上にある白いつぼみが開きはじめるところだった。そこから出てくるやさしい香りが、彼女の期待を高まらせた。アーロはきっと今日帰ってくる。そして、彼に再会することができる。なぜか、ヤエはこの思いを体全体で確信していた。

＊＊＊＊

半開きのアーロの瞳に穏やかな海面が写り、東の水平線から太陽が昇った。彼は翼を下にして、岩の上に横たわっていた。硬くなった首を伸ばし、ゆっくりと立ち上がった。この小さな岩場を彼は覚えていた。アーロはオオタカの暗礁の上にいた。葦《あし》の茂みのなかに、三羽の小さなヒナとその横に立つ母鳥が見えた。昨晩、オオタカがこの岩の上まで彼を運んできたのだ。

「ありがとう！」お礼を言いたかった。弱いうめき声がアーロの喉から漏れた。オオタカが彼のほうを振り向くと視線が合い、アーロの思いが通じたようだった。

太陽が昇りはじめた。アーロは慎重に翼を動かしてみた。

いったいどうして、昨晩は灯台のライトが付いていなかったのだろう？　彼は視線をレモンの島へ向けながら不安に思った。まさか、灯台守は島を捨てたのだろうか。

灯台は以前と同じように岩の上に立っていた。アーロの視線がその下の入り江に移動した。そこには、錨《いかり》を下ろした大きな船が停泊していた。ステラマリス号だ！

南から吹いてくるそよ風が穏やかな海を渡って、レモンの島から音を運んできた。

「チリン、チリン」ヤギの鈴音だった。ビアンサの鈴の音だと、アーロにはすぐに分かった。つまり、灯台守は島にいるのだ。ヤギを残して出ていくはずがない。

次に、小さな美しいベルの音が聞こえた。その音を以前どこかで聞いたことがあると思った。「友だちが遠くにいても聞けるように」と言った、祭りで出会ったベドウィン老人とベルの付いた飾りを思い出した。アーロの心臓の鼓動が速まった。

――ヤエ!?　そんなはずはない!

南風に乗って、かすかなレモンの香りが漂ってきた。花が咲きはじめたのだ。アーロは勢いよく空へ向かって飛び立った。急がなければならない。

＊＊＊＊

野原で、春の花のなかにヤエは横たわっていた。空で、形を変えながら流れていく雲を見ていた。砂漠の鷲が彼女の上を飛んだとき、かすかにその白い外形を見ることができた。翼の音を聞かなかったなら、彼の透き通った体に気付かなかったかもしれない。

鷲は岩の上に降り立ち、不安げな視線を北の方角へやった。ヤエも待っていた。すると突然、彼女がどこにいても分かる耳慣れた鳴き声が耳に入ってきた。

「キィェー、キィェー」

ヤエは跳ね起きた。その声の持ち主は砂漠の鷲、彼女の友だちアーロだった!

鷲は海から翼を広げて速いスピードで近づいてきた。そして、砂漠で初めて出会ったときと同じように、太陽の光の下で真っ白に輝いていた。ヤエはジャンプして手を振り、彼が自分の腕に降りてくるようにと腕を差し伸べた。

「戻ってくると分かっていたわ！」ヤエが大声でにこやかに叫んだ。

しかし、砂漠の鷲は彼女の腕には降りなかった。彼女のすぐ近くまで来ると、素早く上方に向きを変えて空高く舞い上がった。最初にゆっくりと、そしてスピードを上げながら円を描きながら飛んだ。やがてスピードを上げると、非常に速い螺旋形《らせんけい》の動きになり、風と雲を巻き込んだかと思うと竜巻となって、鷲はその渦の中に吸い込まれていった。

「いったい、どうしたの？」

あっけにとられて、ヤエは口を大きく開けたままその場に立ち尽くした。そのとき、竜巻の渦の中で輝く不思議な形をしたものが一瞬だけ見えた。体の半分が少年で、残りの半分が鳥のようなものだった。

横に広げた人間の腕が白くて大きな翼と柔らかく溶け合っていた。そしてそれは、踊るように翼をゆっくりと上下に動かした。その信じ難い光景はあまりにも美しく、ヤエは驚嘆の息を飲んだ。そして次の瞬間、竜巻が消えると、白い砂漠の鷲はヤエのそばを通り抜けて前方へと飛んでいった。

「あっ、どこへ行くの？　待って！」

ヤエは鷲のうしろ姿に向かって叫んだが、鷲はそれを聞く様子がなかった。

彼女は肩に触れる何かを感じて、うしろを振り向いた。ヤエの目の前に一人の少年が立っていた。彼女と同じ年頃の、本当の、人間の少年だった。男の子の髪は朝の太陽に赤く照り、唇には微笑みが輝いていた。

会ったことがないにもかかわらず、ヤエには彼が誰であるのかが分かった。一緒に砂漠で最初の雨を体験し、泉のそばでヤギと出会い、一緒に椰子《やし》の実を集め、そしてアーロがサソリに刺されたとき、ヤエが彼を膝の上に乗せて看護したことなどが、彼女の頭に次々と浮かんだ。

少年はヤエの愛しい友だち、アーロだった！　ヤエはアーロの首に抱きついた。アーロはヤエの腕を自分の首から解きながら、顔を赤らめて下を向いた。海を渡る旅の間じゅう、ヤエとの再会を切望し、彼女に手紙で何を伝えようかとずっと考えていた。そのヤエが、今、自分の前に立っている。しかし、若い少年の姿に戻り、こうしてヤエと直《じか》に会うことが彼を当惑させていた。何と言えばよいのか、言葉に詰まってしまったのだ。そして、やっと「ぼ、僕がアーロです」と言った。

「そうだと思ったわ」彼女の頰にえくぼが現れた。

「どうしてここに？」

「ステラマリス号に乗ってきたの」入り江に停まっている船を指さしてヤエが答えた。

「でも、どうしてここに来たの？」再びアーロがもどかしげに尋ねた。

「どうしてもあなたに会いたかったの。これを、わたしたかったの」

ヤエはポケットから彼のために編んだお守りを取り出し、アーロの手を取って、それを彼の手首に結んだ。

「自分でつくったの。気に入ってくれると嬉しいわ」ヤエがはにかんだ。

「素晴らしい。砂漠の色に似ている」

ていねいに編まれた手首飾りに、アーロは感動した。その飾りには、銀のハムサと小さな鈴が付いていた。

「ありがとう！」アーロが手首を振ると、鈴がチリンチリンと鳴った。

「君の鈴の音がオオタカの暗礁《あんしょう》まで聞こえたんだ」

アーロはヤエの足首にある鈴を指さして微笑んだ。

「これをもっと早くわたすことができていたなら、あなたをこんな目に遭わすことがなかったと思うわ。本当に不安だった。さようならを言わずに行かないと約束してくれてたから……」ヤエが真剣な顔になった。

「そう、約束した。でも、どうしようもなかった。密猟者《みつりょうしゃ》たちに捕まえられたんだ」

「知ってるわ。そのとき、これを落としたでしょう」

ヤエは自分の首にある月の石飾りを手に取り、それをはずしてアーロの首に掛けた。

「灯台守がこれを僕にくれたんだ」そう言うとアーロは、ミラベレと灯台守のことを思い出した。

「ミラベレもこの島に来たの？」

「ええ、来ているわ。彼女とセバスチャンは再会できたの」

ヤエは情熱的な目になってアーロの手を取ると、「行きましょう！　彼らに会いに」とアーロを引っ張った。

セバスチャンとミラベレが家の前に立っていた。元どおり、真っ白い姿に戻った砂漠の鷲がセバスチャンの肩の上に止まっていた。

「間に合うように戻ると約束したでしょう！」とアーロが叫んで、彼らの所に走っていった。

「しかし、われわれは心配をしはじめていたよ」

セバスチャンは、笑いながらアーロの赤い髪を掻き混ぜた。アーロは砂漠の鷲をセバスチャンの肩から受け取って、抱き締めた。鷲は柔らかく「キィーキィー」と鳴いた。

「また会えて嬉しいよ。君も心配したの？」

アーロは微笑みながら尋ね、鷲の答えを待った。しかし、鷲は何の反応も示さなかった。

「大丈夫？」アーロは不安になって鷲の黒い目をじっと見つめたが、彼はもう鷲の考えを読み取ることができなかった。「僕の言っていることが分かる？」と聞いても返事がなかった。

「変だな。思いがもう通じない」

当惑しながら、アーロはセバスチャンのほうを見た。

「この鷲は、君にひと冬だけ自分の力を与えたんだ。しかし、冬はもう終わった。君たちの特別な絆《きずな》も切れたのかもしれないね」

アーロは砂漠の鷲の頭をなでながら、「いつまでも友だちだと思っていたのに」とつぶやいた。セバスチャンがアーロの肩に手を置いた。

「君たちの友情は続いているよ。彼が君に与えた贈り物は決してなくならない。その証拠が君には残っているよ」

さらに、セバスチャンがヤエに向かって言った。

「君も、すでに『驚き』と出会ったようだね」

「ええ。ただし、私の友だちは姿が変わっていました」ヤエは笑って、アーロと彼の膝《ひざ》に座っている砂漠の鷲を見た。「その鷲を、少しの間抱いてもいい？」

アーロは鷲をヤエの膝に移し、彼女はその頭をやさしくなでた。

「砂漠の鷲は特別で、魅惑的な鳥であると初めから分かっていました。雨と風が彼を送ってくれたからです」

砂漠の鷲は、しばらくヤエの手のひらに頬を置いてからアーロの肩に飛び移った。

今にも飛び立ちそうな様子で、背筋を伸ばした。

「春が来たので、彼は北へ旅立つんだ」セバスチャンが言った。

「今すぐに？」驚いてアーロが尋ねた。

「レモンの花が咲きはじめるといつも出発するのさ。でも、われわれの暮らしはいつものように続くよ」と言った後、彼はすぐに言い直した。「いや、いつもと同じではない。この春はまったく違ったものになる」

セバスチャンはミラベレの手をやさしく握り締めて微笑んだ。

「みんなで、砂漠の鷲を見送ろう！」


彼らは岩の上にある白く輝く灯台の前に立っていた。

「昨晩、灯台のライトが見えませんでした」アーロがセバスチャンに言った。

「この灯台は、もう嵐には耐えられないようだ」セバスチャンが悲しげに答えた。

ライトの壊れた灯台はその役目を終え、人が島を去った後も、ずっとそこで空に向かって立ち続けることだろう。

「昨年の秋、同じようにこの岩の上から君が僕を旅に送った」アーロは自分の肩に手を置き、そこに砂漠の鷲が乗るように誘った。「また会うことができる?」

鷲はアーロの肩の上で、「ゴロゴロ」という柔らかい音を喉から出した。それが肯定の返事なのか、それとも最後の別れの挨拶《あいさつ》だったのか、アーロには区別することができなかった。

アーロが腕を伸ばすと、砂漠の鷲は頭を優雅にもたげ、視線をセバスチャンに向けた後、ミラベレへ、次にヤエとビアンサに、そして再びアーロのほうに向けた。南からの暖かい風が吹いていた。

「君は追い風で旅をすることができるよ」

アーロは微笑みをつくろうと努力したが、泣きそうになるのをこらえることで精いっぱいだった。大きく深呼吸をして、アーロは腕を振り上げると鷲を離した。鷲はうしろを振り向くことなく、真っすぐに北の方角へと飛んでいった。鷲の体から真っ白い光が放たれ、飛翔《ひしょう》の軌跡に白い線が残った。しばらくの間、誰も何もしゃべらずに鷲が飛び去った方角をながめていたが、やがてセバスチャンが沈黙を破った。

「春が来たので、君も自分の家に戻らなければならない」とアーロに言った。「ステラマリス号が君を北の国へ連れていく」

「そしてあなたも、お母さんのもとへ帰らなければなりません」ミラベレがヤエに話し掛けた。

「私たちはセバスチャンの船で南へ旅をします。あなたも一緒に行きましょう。あなたが話してくれた砂漠の素晴らしい景色を、私たちは見たいのです」

「鳥売りを見付けて、ミラベレの月の石を買い戻すこともできるかもしれない」セバスチャンが笑いながら言った。

「ステラマリス号は船長なしで北へ航海できるのですか？」アーロが尋ねた。

「一等航海士のアンデルソンは航海経験が豊かです。彼が船長を引き継ぎます」ミラベレが答えた。

「しかし、船には新しい一等航海士も必要だ。君は誰よりも上手《じょうず》に操縦することができる」セバスチャンがアーロに向かって微笑んだ。「大洋をたった独りで、もう二回も渡ってきたからね。君の年齢で、そんなことを成し遂げた者はほかに誰もいないよ」

「一等航海士の役を引き受けてくれますか？」ミラベレが期待を込めて尋ねた。

「はい。引き受けます」アーロは誇らしげに背中を伸ばした。

その夜、月光が海面を美しく照らした。アーロとヤエは岸辺に下りていった。

「ここで、私たちのための月の石が見つかるかもしれないわ」ヤエが嬉しそうに言った。

丸い小さな石に覆われたこの岸辺で、ミラベレの月の石のように光る石を見つけることを期待しながら、二人は細長い岸を端から端まで歩いた。しかし、アーロの首に掛けられた石以外に光るものはなかった。ヤエはがっかりした。

「見付けなくても大丈夫。このお守りで、お互いを思い出すことができる」

アーロはヤエにもらった手首飾りを見せて、リンリンと鳴らした。

二人は岸辺の岩の上に座った。アーロは北の漁師の村を出てから砂漠へたどり着くまでの話をして、ヤエは砂漠を離れ、海を渡ってこの島へ来るまでの話をした。二人は互いの時間の隙間を埋めるかのように、時が経つのも忘れて話し続けた。

ヤエはアーロの顔のすぐそばで、えくぼの見える顔を近づけて聞き入っていた。アーロはごく自然に、自分の唇をヤエの唇に合わせた。人生で初めてのキスだった。

＊＊＊＊

翌朝、レモンの花が満開になった。その圧倒される香りに島が包まれた。ステラマリス号の出港準備が行われている所まで、そのさわやかな香りが届いた。セバスチャンとアーロは、修理の終わった小ソフィア号を海に下ろした。ステラマリス号がそれを曳《ひ》いていくことになった。ヤエがビアンサをそばに連れて、彼らが支度をする様子を見ていた。

「出発の準備が終わりました」グスタボ老人が、桟橋《さんばし》のそばに佇むミラベレに報告した。

「あなたは幸運な女性です」小ソフィア号にオールを積み込んでいるセバスチャンの姿を目で追いながら、グスタボがミラベレに言った。

「こんなに長い間、誰もいない島で独りきりで恋人を待ち続ける男はこの世の中にそうはいませんよ。あなたは、そんな稀有《けう》な男性を幸運にも見付けることができました」

「よく分かっています」

ミラベレは灰色の髪の年老いた男を見て、これが最後の別れになると予感した。彼女は老人を抱きしめて言った。
「ありがとう！　私のために尽くしてくださった、これまでのすべてのことに心から
感謝します」
　彼女は胸から喉へ突き上げてくるような熱さを感じながら、声が崩れないように努
めた。
「もう自分の幸運を見失わないでください」老人の声はやさしかった。
「ええ、約束します」ミラベレが涙を押さえて微笑んだ。「あなたも、自分を大切に
してください」
　グスタボはうなずくとボートに乗り込んで、ゆっくりとステラマリス号のほうへ向
かって漕《こ》ぎはじめた。アーロは、嵐で開いた大穴の跡が見えないほどきれいに修理さ
れた小ソフィア号を嬉しそうになでた。
「修理してくれてありがとうございました。ほかのすべてのことも、本当にありがと
う」アーロはセバスチャンと握手をした。
「私のほうこそ、お礼を言わなければならない」セバスチャンは微笑んだ。春の太陽

の下、半袖のシャツを着たアーロを見て、「そうだ、忘れるところだった」と言って
セバスチャンは船小屋へと走った。
すぐに、アーロが漂着していたときに持っていたリュックサックを手に下げて戻り、
「北ではこれが必要かもしれない」と笑いながらアーロに手渡した。リュックサック
の中には、ウールの帽子、母が編んだ薄い青色のセーター、そしてチェック模様の使
い古したフランネルのマフラーが入っていた。
アーロは、砂漠の庭のロウソクの下で行われたヤエの誕生パーティーを思い出した。
彼はヤエのそばに歩いていき、フランネルのマフラーを彼女の首に巻いた。
「君がノアムからもらったスカーフほどきれいではないけど、受け取って欲しい。誕
生日おめでとう！」
そう言うと、アーロはヤエを強く抱きしめた。そのとき、突然、彼の目から熱い涙
があふれ出た。見られるのが恥ずかしくなったアーロは、ヤエに背を向け、慌てて小
ソフィア号に乗り込むと力いっぱい漕《こ》ぎはじめた。そして、グスタボ老人が乗ったボ
ートの後を追うようにして、ステラマリス号に向かってスピードを上げていった。
「ありがとう！」桟橋《さんばし》から船を追い掛けるように叫んだヤエが、マフラーをきつく巻

き直した。

セバスチャンがヤエのほうを見て言った。

「ビアンサをどうするか考えなければならないね。島に残していくわけにはいかないからね」

セバスチャンは、ヤエのそばで彼女に寄り掛かっている小ヤギに目をやった。ヤエはビアンサの隣にひざまずき、ビアンサを抱きしめた。

「私がビアンサの世話をします」

ヤエが自分の頬をビアンサの体に押しつけた。ヤエの目からあふれる温かい涙が、ビアンサの柔らかい毛を濡らした。

アーロは岸から遠く離れるまで力強く漕ぎ続けた。涙で充血した眼をもう誰にも見られないと思うあたりでボートを止めて、視線を岸に向けた。セバスチャンとミラベレが手をしっかりと握って、桟橋からボートの行方を眺めていた。ヤエはビアンサの横にひざまずいて、自らの頭をヤギの体に押し当てていた。

「ヤエ!!」アーロは大声で叫び、手を大きく振った。頭を上げて微笑んだヤエの頬にえくぼが浮かんだ。いつの日か、ヤエに再会することができるとアーロは確信した。

訳者あとがき

本書の著者であるシニ・エゼル（Sini Ezer）は、私の娘（次女）です。一九六七年、私は前妻とともに三人の子どもを連れて宣教師として来日しました。そのとき、シニは三歳でした。その後の一九七四年、離婚によって三人の子どもは母親とともにフィンランドへ戻りましたが、そのとき彼女は一〇歳でした。シニは、日本の小学校で四年生まで学んだので、簡単な日本語は今でも話せます。

現在、シニはヘルシンキ大学で遺伝子研究をする傍ら、本を書いています。これまでに二冊の絵本と、若者向けの小説である本書をフィンランド語で書き、Karisto 社から出版しています（二〇一四年三月）。

出版する半年前、シニがメールで出版の知らせを私に寄こしました。当時、私と妻は政界引退後の休暇をフィンランドで過ごしていました。残りの人生のライフワークとして、日本とフィンランドの文化交流に貢献したいと考えているときでした。彼女から送られてきた原稿を読んで感動した私は、突然、悟ったのです。新しい使命の第一歩として、彼女の本を日本語に訳し、日本の若者や少年たちに「夢」を与えたいと考えたのです。

さっそく、翻訳作業に取り掛かりました。しかし、私にとっての日本語は今なお外国語であり、翻訳するにはやはり日本人の手助けが必要でした。幸い、妻の幸子もこれまでと同様に私の日本語の原稿を推敲してくれました。さらに、国会議員時代の秘書であった山本綾子さんの助けも得ることができました。つまり、本書は三人のチームワークによって生まれたものなのです。

うれしいことに、本書に相応しい出版社も見つかりました。以前から北欧関連書を数多く出版している「新評論」です。新評論とのご縁は、二〇一四年の秋に出版した『フィンランド人が語るリアルライフ——光もあれば影もある』からはじまっています。その編集担当であった武市一幸氏に本書の日本語訳を見ていただいたところ、「ぜひ、わが社から出版しましょう」との回答をいただきました。武市氏からのご助言と出版社のご協力のおかげで出版できましたこと、改めて深く感謝いたします。

シニにとっても、本書が日本語訳として出版されることは大きな喜びです。懐かしい国である日本の若者に、自分の書いた「夢物語」が彼らの人生に多少のヒントと意義を与えるものになればうれしい、と言っています。私も同じような願いを込めて、この夢物語を多くの日本人に読んでいただきたいと思っています。

なお、フィンランド語版のオリジナル本には表裏表紙以外にイラストはありませんが、日本語版のためにシニが一二枚のイラストを描きました。日本の読者のみなさんへのプレゼントだそうです。

フィンランドで、本書は若者向け小説として「Arvid Lydecken-Palkinto（アルヴィッド・ルデベッケ賞)」の候補作（五冊）の一冊に選ばれました。残念ながら大賞は逃しましたが、候補作になったために新聞や雑誌にも多く紹介され、デビュー作品としては高い評価を得ています。

本書『砂漠の鷲』は、一四歳の少年アーロが自分の夢を実現する旅の様子を記したものです。感動的であり、神秘的でスリル満点の冒険物語となっています。そこには、感受性豊かなロマンスがあり、若者にかぎらず老若男女の心に響く内容が綴られています。

読者を北の国の小さな漁村から不思議な灯台の島へと導いたかと思うと、エキゾチックな港町へ、さらに遠く南の砂漠へとメルヘンの旅へと誘います。それぞれの場所がもつ魅惑的なムードによって、みなさんは実際に旅をしているような気分を味わったことでしょう。

旅の様子をベースとして、主人公アーロと同じ年齢の少女との間に芽生える友情、さらにその友情の絆《きずな》がはるか大洋をも越える勇気と力になっていく過程が描かれています。そこに、孤独な灯台守の恋人への思慕《しぼ》などといったストーリーが神秘的に絡まっていきますが、物語の最後にはそれらの欠片が一枚の絵へとなって完成します。

とはいえ、本書はただのハッピーエンドで終わる小説ではありません。登場人物たちの思想などが深く見えてきます。また、自分の行動によって互いの運命にどのような影響を及ぼすのかについても考えさせられます。若者にかぎらず、大人の読者にも伝えたいメッセージが充分に含まれていると言えるでしょう。

先に「夢物語」と書きましたが、この「夢」は英語の「dream」にあたる言葉です。すなわち、「大志を抱く」という意味を含んでいます。主人公のアーロには、小さな漁村から広い世界へ飛び立ちたいという夢がありました。それは、渡り鳥と同じように大洋を越えたいという望みでもありました。

ある日彼は、その夢の実現のために砂漠の鷲との運命的な出会いをします。そして彼は、冒険の旅で出会う人々と友情を分かち合い、彼らの手助けも行っていきました。つまり、誰も一人では自分の夢を実現することはできないということです。共同と助け合いの精神によって初めてそれぞれの夢がまっとうされ、人生における真の幸せをつかむことができるということを表しています。

幸せの秘訣として、「何事でも人々からしてほしいと望むことは、人々にもそのとおりにせよ」というイエスの言葉をモットーにする訳者の私に、本書が深い感慨を与えたのも事実です。この意味においても、本書が決して若者だけでなく、年齢を問わずに読者を魅了する小説だと確信しています。そして、一度読みはじめると、一気に終わりまで読みたくなる本であることも。

「誰かに話したくなる本」、という評価をいただくことを祈願しております。

二〇一五年夏

ツルネン　マルテイ

訳者紹介

ツルネン　マルテイ（弦念丸呈／Marutei Tsurunen）

1940年、フィンランド北カレリア生まれ。1964年、同国社会福祉カレッジ卒業。1967年にキリスト教の宣教師として来日（1974年辞職）。1979年に日本に帰化。英語塾を経営するかたわら、日本古典文学を翻訳し母国に紹介する。

1992年、神奈川県湯河原町議会議員に当選。1995年、参議院選神奈川選挙区から無所属で立候補。34万票を獲得したが次点。2001年まで4度の国政選挙に挑戦するもいずれも次点。

2002年、大橋巨泉議員辞職に伴い繰り上げで参議院初当選。

2004年、「有機農業推進議員連盟」（超党派）を設立し、事務局長に就任。

2007年、参議院選全国比例区で上位再選し、2013年まで務めた。その間、参議院災害特別委員会委員長、環境委員会委員、行政監視委員会理事、国際・地球環境・食糧問題に関する調整委員会等を務めた。

著書として、『青い目の国会議員いまだ誕生せず』（ベネッセ、1995年）『自然に従う生き方と農法ルオム』（戎光洋出版、2009年）『ツルネンさんのルオム的生活のすすめ』（宮帯出版社、2011年）『フィンランド人が語るリアルライフ』（新評論、2014年）などがある。

砂漠の鷲

アーロの冒険　　（検印廃止）

2015年8月25日　初版第1刷発行

訳　者　ツルネン　マルテイ

発行者　武　市　一　幸

発行所　株式会社　新　評　論

〒169-0051 東京都新宿区西早稲田3-16-28
http://www.shinhyoron.co.jp

TEL 03（3202）7391
FAX 03（3202）5832
振　替 00160-1-113487

定価はカバーに表示してあります。
落丁・乱丁本はお取り替えします。

装　幀　山田英春
印　刷　理想社
製　本　中永製本

ISBN978-4-7948-1014-4
Printed in Japan